DANS LES PRAIRIES ÉTOILÉES

ISBN 978-2-330-11872-3

MARIE-SABINE ROGER

DANS LES PRAIRIES ÉTOILÉES

roman

BABEL

Pour ceux que j'aime,
et qui le savent,
Ce livre écrit sous le tilleul.

Ce monde est assez grand
pour y trouver nos rêves, Phoebe.
Il suffit d'aller les chercher.

Jim Oregon,
in Wild Oregon, vol. III
(La ballade de Phoebe Plum).

TAS DE PLANCHES

Sur lesquelles s'entassent, dans l'ordre et le désordre :
Une maison de rêve, une grange à retaper,
une Anglaise typique, une fouine incontinente,
des truffes, et deux blaireaux.

Nous venions de trouver la maison depuis six mois à peine, Prune et moi.

LA maison.

Celle que nous avions cherchée sur Internet des jours et nuits durant – Prune, surtout, pour être honnête, car la perverse envie de se ruiner en impôts locaux venait plus d'elle que de moi.

Notre Maison. Home Sweet Home. Celle pour laquelle nous avions traversé maintes fois la France vers le Sud-Ouest en rêvant d'une chaumière de dessin animé pour finalement nous retrouver, après huit heures de route et un mauvais sandwich, devant de vieilles bicoques sans aucun intérêt, avant de retourner chez nous, déçus, désabusés, le poil terne et la croupe basse.

Jusqu'à ce jour de mai où, le long d'une route solitaire de campagne, après deux heures de départementales désertes et de chemins communaux pourris – alors que, tel David Vincent dans la série *Les Envahisseurs*, nous cherchions un raccourci que jamais nous ne trouvâmes – nous dénichâmes enfin la perle rare, au bout d'un chemin sans issue.

C'était une ancienne ferme bâtïe tout en longueur, *avec beaucoup de cachet*, comme dit dans l'annonce, qui promettait également sans vergogne des dépendances aménageables (deux granges aux toits plus creusés que l'échine d'un âne usé par une vie de charge). L'ensemble était jugé « habitable en l'état », ce qui n'était pas faux, si on décidait de ne tenir aucun compte de branchements électriques suicidaires, d'une plomberie fantaisiste (dont nous ne savions pas encore à quel point elle l'était), de sanitaires antiques, d'une fosse septique qui datait des Romains, de tapisseries des années soixante-dix à motifs hallucinogènes, et d'une mare boueuse à curer en urgence, que la dame de l'agence s'obstinait à qualifier d'« étang ».

Mais les maisons ont ceci de commun avec nous, les humains, qu'elles nous attirent, nous repoussent, ou nous laissent indifférents. Et parfois, c'est le coup de foudre, qui ne correspond jamais, ou presque, à nos critères. On pourrait dire pareil des histoires d'amour.

S'il en était autrement, Prune n'aurait pas parié un centime sur moi – dessinateur documentariste, métier en voie de disparition, et illustrateur BD à mes heures perdues, de loin les plus nombreuses et les seules rentables. Et de mon côté, je n'aurais pas jeté un seul regard sur ce drôle d'oiseau maigre qui avait passé trente ans à vendre de vieux zinzins sur les marchés aux puces et faisait du yoga en écoutant Pink Floyd.

Tout en nous faisant faire la visite des lieux au pas de charge, la dame de l'agence, une Anglaise tonique, nous noyait sous un flot de paroles enjouées afin de détourner notre attention des multiples détails qui n'étaient pas conformes, comme un chat recouvre de litière les petits excréments pudiquement laissés.

C'était bien inutile. On voyait parfaitement tout ce qui n'allait pas. On avait affûté notre œil, grâce aux soixante-trois visites précédentes. Rien ne nous échappait ou presque, désormais, des traces d'humidité aux tuiles ébréchées, en passant par les ponts thermiques, le manque d'isolation, les volumes à chauffer, les tailles des radiateurs, la finesse des vitres et la minceur des joints. Cette maison serait un gouffre, et nous allions y sauter à pieds joints.

Prune me regardait, avec cet air qu'elle a quand elle ne conçoit pas qu'on puisse lui dire non. Elle parcourait les pièces en tous sens, collait son nez aux fenêtres, tournait sur elle-même les yeux fermés, puis les rouvrait d'un coup pour se faire la surprise.

Elle s'imprégnait de l'ambiance, tirait des plans sur la comète, et j'étais collé derrière elle, assis sur le même tapis volant. Qu'est-ce que j'aurais pu faire ? Lui dire que mon talent en matière de travaux se bornerait sans doute à changer les ampoules ?

J'ai beau m'appeler Merlin – merci à mes parents et à monsieur Disney pour ce cadeau merveilleux qui a pourri mon enfance – ma magie est un peu impuissante, n'en déplaise à ma toute belle qui m'attribue sans hésiter des aptitudes que je n'ai pas.

La dame, qui avait flairé les clients potentiels, nous vantait avec un accent à la Jane Birkin toutes les charmes de le campagne, de le délicieuse terrasse, de la grande jardin, de le vue magnifique, de les petites sauvages animaux (et même de les grosses, car il y avait du sanglier dans tous les bois environnants).

— Et aussi des chèvrefeuilles, *Oh my !... So, so lovely !* avait-elle conclu avec un enthousiasme qui nous avait semblé quelque peu excessif envers une plante dont les fleurs délicates embaument l'air au crépuscule, certes, mais qui n'est pas si rare dans nos douces campagnes.

Lorsqu'elle avait ajouté, à notre grande surprise, que nous verrions souvent passer ces *lovely* chèvrefeuilles *so cute* sous nos fenêtres car « elles allaient manger la jardin du bas », nous avions un instant douté de sa santé mentale, pour finalement comprendre (après un échange surréaliste) qu'elle parlait des *chevreuils* qui, effectivement, pullulent dans la région.

Prune avait pris aussitôt son regard mort d'amour à paillettes, comment laisser passer une chose pareille : des chevreuils dans notre jardin.

Et *lovely*. Et *cute*.

On était en plein rêve.

Pourtant, après nombre concertations qui avaient duré des mois, nous avions pris de bonnes résolutions – dignes d'un jour de l'An : budgétiser notre projet, nous montrer réalistes, planifier les étapes. Autant d'objectifs louables que nous nous savions incapables d'atteindre.

Nos critères étaient les suivants : une maison de plain-pied, ni trop petite, ni trop grande, sans *aucuns* travaux à faire, mis à part les peintures – et encore –, qui soit à la campagne, mais très proche d'une ville importante. Quatre, cinq kilomètres, pas davantage.

Le beurre, l'argent du beurre, la tartine gratuite, et le sourire du crémier.

Nous avions sous les yeux une baraque d'environ trois cents mètres carrés, plus truffée d'escaliers qu'un donjon des Corbières, avec un chantier pharaonique en perspective – nos perspectives étant bien entendu du genre dit « à point de fuite ».

Le tout paumé à huit kilomètres sept cents de Sainte-Perpète (aucun commerce), et trente-deux de Bourg-les-Oies (boulangerie, café, charmante supérette fermée du samedi midi au mardi quatorze heures). Le premier voisin était à cinq cents mètres, il vivait à Paris et ne venait qu'en juillet, et la première « vraie » ville, à une heure de route.

On projetait déjà d'y passer nos week-ends, dès qu'on serait en manque de particules fines et de grandes enseignes.

La maison était agencée de façon originale. On aurait dit le résultat d'un défi imbécile jeté par un vantard à la fin d'un banquet : « Et combien vous pariez que je construis ma – *hupsss* – maison tout seul en trois semaines, sans avoir fait de – *hupsss* – plan ? »

Malgré tout (ou à cause de cela, justement ?) elle avait beaucoup de charme et, en particulier, trois grandes et belles pièces claires, orientées plein sud, dont une qui me servirait d'atelier, et je savais déjà à quel endroit précis je poserais ma planche à dessin.

Dans la deuxième pièce, nous ferions une chambre d'amoureux, grande ouverte sur le jardin. Dans la troisième, débordant largement sur la grange, Prune voyait un immense séjour sur différents niveaux, avec au sol de grands carreaux d'ardoise, des ocres douces sur les murs, une cheminée ouverte sur un foyer central. *Maison & Travaux*, donc.

Mais en plus magistral.

Le jardin était dit « anglais » – par opposition aux jardins « à la française », reconnaissables à leur symétrie rigide, leur coupe militaire bien dégagée au-dessus des oreilles, leur absence de fantaisie, et leurs alignements un poil obsessionnels.

Ici, c'était un harmonieux et poétique foutoir. Il y avait une vue magnifique, des arbres somptueux, et un concours de merles pour l'Orchestre de France. Un petit vent très doux faisait chuchoter en chœur les feuilles du tilleul et les branches du saule et, le long des vieux murs, c'était une profusion de beaux rosiers anciens dans tous les tons de rouges, et de pivoines arbustives, du rose le plus pâle jusqu'au plus soutenu.

On était fous comme des belettes, complètement surexcités.

On allait percer des fenêtres, ouvrir des portes, mettre des chiens assis sur les toits rénovés, et des chats allongés sur nos coussins de plumes, on casserait des murs, on ferait une véranda, on laisserait entrer de l'air, de l'air, de la lumière. Les dépendances doubleraient au bas mot la surface habitable, bien suffisante déjà.

Dans la première grange, aucune hésitation : on ferait une salle de projection, pour se servir enfin des deux rangées de strapontins – en velours bleu nuit étoilée – que nous avions achetées sur un coup de folie dans une salle des ventes et puis entreposées depuis plus de trois ans dans le garage d'un ami qui ne le resterait plus longtemps, si on ne l'en débarrassait pas.

Dans la deuxième grange, une salle de gym et tout le matériel pour se faire des muscles, si un jour, par miracle, nous devenions sportifs.

En haut, une mezzanine pour faire du yoga. Là, un petit studio pour recevoir nos amis.

Une cuisine d'été. Une grande terrasse. Un patio andalou. Un cloître cistercien.

Ceci ici, et cela là.

La dame de l'agence approuvait avec enthousiasme, de la tête, du cou, du buste tout entier, un sourire en dentier accroché de travers sur son visage rose, tout en nous poussant des deux mains vers la pente glissante du surendettement.

Un sauna serait bien. Ou une piscine intérieure, peut-être ?

D'anciens clients à elle avaient fait « un petit chose » dans ce style, et le résultat était… *Oh dear ! Oh my !…* Elle n'avait pas les mots.

Le souffle suspendu, les yeux remplis d'étoiles, on croyait la voir, oh oui ! on la voyait, cette piscine à débordement, dans la petite grange nouvellement couverte d'une belle charpente, les murs chaulés de blanc, l'immense baie vitrée donnant sur la campagne, les bois et les collines.

Une piscine, voilà, c'est ce qu'il nous manquait.

Prune avait eu un coup de cœur pour l'immense cuisine au plancher couleur miel. Elle y était revenue dix fois au cours de la visite. Elle qui est très forte en omelettes, poissons panés et riz collant, prévoyait d'acquérir un grand îlot central, une cuisinière de restaurant, et toute une collection de faitouts et de poêles. Elle prenait des mesures imprécises avec la paume de sa main, photographiait chaque mur et chaque angle avec son téléphone. Elle dansait sur place, se trémoussait de joie, chantonnait sans s'en rendre compte.

Pour me signifier en toute discrétion que son choix était arrêté (ce serait cette maison ou rien – si j'étais d'accord avec elle, bien sûr, mais j'avais intérêt à l'être), elle m'adressait les signes de connivence convenus entre nous juste avant la visite – un regard au plafond, suivi d'un étirement du lobe de l'oreille – auxquels je répondais le plus sobrement possible – un frottement de nez, un bâillement retenu – cependant que la dame de l'agence, discrétion britannique oblige, faisait semblant de ne pas voir nos deux belles têtes de blaireaux.

Cette maison me plaisait, elle plaisait à ma belle. Elle nous promettait des saisons de bonheur. Et j'aime tant voir ma douce enthousiaste, avec ce grain de sel et de piment oiseau qu'elle met dans sa folie, et qui me la rend indispensable comme l'air que je bois et l'eau que je respire. Dans mon atelier personnel, tout de suite à gauche en entrant dans ma boîte crânienne, j'ai au moins cent quinze volumes de la série Ma Prune, sur lesquels je travaille, chaque jour, chaque nuit.

Ce matin-là, je la regardais s'agiter, s'emballer, nidifier le décor dans sa tête, à grands coups de conditionnels qui résonnaient plutôt comme des impératifs (on mettrait un buffet ici, on placerait des étagères là). Moi, j'étais à la fois tout près et très loin d'elle, en train d'arpenter le futur à grands pas, de m'en faire un flipbook à usage personnel.

Prune sillonne les marchés de la région,
un grand panier d'osier calé au pli du coude,
pour marchander le prix de la truffe auprès de producteurs
à la moustache altière, vêtus de pantalons de rude toile bleue,
et de chemises de bûcherons.

Ou bien

Prune, en tablier à petits carreaux vichy,
armée d'une écumoire et d'une cuillère en bois,
touille dans un chaudron de cuivre aussi grand qu'elle.
Elle est cernée d'étagères immenses,
couvertes de bocaux de confitures maison,
sur lesquels, quels que soient les fruits,
on peut lire en cursive à l'ancienne :
« Confiture de Prune »

Ou encore

Prune – un économe géant à la main –
épluche frénétiquement tout ce qui passe à sa portée.
Devant elle, sur la table, un monceau de légumes
et de pelures diverses. Une partie de la queue fraîchement
déhoussée, le chat Chausson tire la gueule,
planqué derrière les étagères.

— Tu en dis quoi ?

Prune s'était collée à mon torse puissant et me regardait par en dessous (je ne vois pas comment elle ferait autrement, avec son mètre cinquante-sept ridicule quand, moi, j'atteins sans peine le mètre soixante-huit, en bon mâle dominant). Elle plissait les yeux, me souriait, chuchotait : « Elle est bien, non ? » tout en guettant de l'œil la dame de l'agence, qui venait à l'instant de dire, l'air de rien, qu'une autre de ses clients trouvait ce maison très splendide, et la petite jardin *gorgeous, magnificent, « siouperbe »*, mais qu'elle ne voulait pas nous mettre le pression.

— Oui, vraiment bien ! j'avais dit à ma douce, dans un murmure soyeux et doux comme un ressac qui serait venu mourir de sa petite mort dans la conque adorée de son oreille rose, bordée comme il se doit par le tragus, l'antitragus et l'hélix. *(Voir planches IV et VI du Précis d'anatomie et physiologie de l'oreille/chapitre I/ Oreille externe/ill. Merlin Deschamps.)*

Nous étions revenus visiter la maison une seconde fois, le lendemain matin. Peut-être qu'en la revoyant, nous pourrions nous convaincre à temps qu'il s'agissait d'un mauvais choix ?

Mais non. Le jardin était un festival de fleurs dépareillées, de merles sous acide et d'abeilles enjôleuses. Le soleil baignait à flots mon futur atelier.

En repartant, nous avions refermé le portail avec la mine imbécile et comblée de jeunes parents à la maternité, avant de retourner dans notre appartement parfaitement fonctionnel, donnant sur une vie citadine et morose.

On a signé trois mois plus tard. Entre-temps, nous avions essayé de chiffrer les travaux, qui triplaient au bas mot le prix de la maison, ce qui était inenvisageable : il ne nous resterait plus rien, ou presque, une fois les frais de notaire payés.

On s'était consolés avec philosophie : les choses se feraient à leur rythme, il faut savoir attendre pour pouvoir apprécier, peu de choses sont indispensables et surtout pas une salle de gym, ou bien de cinéma.

Une piscine, pour quoi faire ? Prune préférait la mer, et je n'aimais pas l'eau.

Passé les affres du déménagement, le nombre monstrueux de cartons et de caisses, la découverte un peu tardive que la maison n'avait aucun rangement ni placard, mais qu'elle possédait, par contre, un réseau internet des plus calamiteux, une fouine logée dans les combles, qui compissait le plafond toujours au même endroit, et une colonie de souris hystériques qui traversaient le couloir à la tombée de la nuit en faisant rouler devant elles des noix glanées dans le jardin – sans compter un élevage de scutigères véloces, communément appelées « mille-pattes », qui faisaient pousser des hurlements à Prune au moins dix fois par jour, et la précipitaient dans mes bras musculeux (ce dernier point est inexact) –, passé ceci, cela, le reste, donc, on se dépensait joyeusement depuis un nombre conséquent de semaines dans une frénésie de peinture de portes et de fenêtres, et de lessivage de planchers et de murs, à croire qu'un bébé allait naître.

Prune a quarante-neuf ans et j'en ai huit de plus. Pas certain qu'on se reproduise.

J'adorais l'avenir que nous aurions ici.

J'en crayonnais déjà de multiples vignettes, dans le coin de ma tête qui sert de tableau noir :

L'Artiste (moi), l'air inspiré et la mèche en bataille,
un muscat frais à point à portée de la main, dessine
sous les arbres, en marcel à trous-trous, pour bien mettre
en valeur ses pectoraux d'aquarelliste.
En fond de décor, Prune, en petit short blanc
et lunettes de soleil, répond aux critiques d'art
venus par cars entiers et massés derrière le portail,
qui tentent d'apercevoir l'Artiste (moi),
et de saisir la portée universelle de cette création
en train de naître, là-bas, sous leurs yeux ébahis
et son trait magistral.

Oui, foin de modestie, dans cette maison, je le sentais, j'aurais la main précise, le tracé assuré, je laisserais enfin apparaître aux yeux du monde ce que j'étais depuis toujours aux tréfonds de moi-même : une savante et puissante alchimie de Léonard[1], Albrecht[2], Jean[3], et Michel[4], aux talents sublimés par ma touche personnelle.

Entre deux planches pour *La Grande Encyclopédie des oiseaux d'Europe (tome IV : Les passériformes – paridés, aegithalidés et fringillidés)* sur laquelle je bossais depuis presque deux ans, je repartirais pour un nouveau volume de ma série BD, Wild Oregon.

Wild Oregon est mon œuvre majeure. C'est une utopie maussade, ou une dystopie joyeuse, selon que l'on voit le verre de la vie à moitié vide ou plein (*« half full or half empty »*, pour mes dix lecteurs anglophones). Un univers totalement déjanté, entre le western traditionnel et la fantasy la plus pure, dans lequel mon justicier, Jim Oregon, poursuit inlassablement les méchants de tous bords, dans des histoires au cours desquelles le burlesque se mêle au polar noir, sur fond de science-fiction un poil écologique. C'est un genre à part entière dont je pense être l'inventeur et que je n'hésiterais donc pas à qualifier de nouveau, nonobstant certains critiques au jugement paresseux qui l'estiment bâtard et déjà vu mille fois, au prétexte que mon travail mélange sans scrupules le réel et l'imaginaire, une vraie auberge espagnole, dans laquelle on

1. De Vinci.
2. Dürer.
3. Giraud (alias Moebius).
4. -Ange.

trouve même de quoi rire et pleurer. Il me semble exigeant et lucide au contraire, à l'image de la vraie vie qui, comme chacun le sait, nous surprend à sourire dans les enterrements, et nous rend nostalgiques aux mariages et baptêmes.

J'y mêle différents traits, différentes techniques, quelques planches d'anatomie (je suis documentariste avant tout, une vie d'encyclopédie s'empoussière derrière moi). Je fais des recherches pendant des heures sur des détails que je brosse finalement à grands traits lâchés, et je plante avec minutie d'obscurs mondes imaginaires.

Je suis spécialisé dans la précision vague et dans l'exactitude floue.

Je ne m'appelle pas Merlin pour des prunes – et pas uniquement pour ma Prune non plus –, je crois en ma mission : réenchanter le monde.

Quoi qu'il en soit, ma série Wild Oregon est devenue un succès quasiment planétaire puisque, outre la France métropolitaine et les territoires d'outre-mer, je suis désormais traduit en monégasque, luxembourgeois, québécois – et même, depuis peu, en Suisse, dans les cantons de Vaud, Genève, Neuchâtel et du Jura – et lu par des lecteurs béninois, gabonais, andorrans, togolais, sénégalais, burkinabés, maliens, ivoiriens, ainsi qu'en Ontario, au Nouveau-Brunswick, dans le Nunavut, en Mauritanie, Tunisie, Louisiane, Centrafrique, en Haïti, au Tchad, en Algérie, au Cambodge, au Burundi, au Congo (Brazzaville), au Congo

(Kinshasa), au Niger, en Guinée-Conakry, en Guinée équatoriale, aux Seychelles, au Rwanda, à Madagascar, Maurice, Djibouti, aux Comores, au Laos, au Maroc, dans la vallée d'Aoste, à Llívia, dans les Territoires du Nord-Ouest canadien, au Liban, au Cameroun, ainsi qu'à Vanuatu.

Combien d'auteurs français peuvent en dire autant ?

Entre deux ponçages de planches, vissages d'étagères et ragréages de sol, poussé au train par une Prune énergique qui avait aussitôt endossé les rôles de chef de chantier, conducteur de travaux, ouvrier qualifié, décoratrice, cantinière et lingère, j'attendais depuis trois semaines l'arrivée de mon dernier opus, *Chanson pour Jenny Pearl*, le tome XIII de Wild Oregon. Sans aucune modestie, je n'étais pas mécontent.

L'histoire débutait à Leaving Station, l'antique gare de départ de la ville de Backwater pour les voyages stellaires vers les Mondes Éperdus. Jim Oregon, mon héros légendaire, devait y prendre en charge un convoi de prisonniers à destination du bagne d'Oblivion, une expédition de plusieurs mois dans les froides contrées stellaires, ainsi qu'il l'avait fait déjà dans le tome IV, *Pas de pardon pour Ruthless John*.

Comme toujours, j'avais privilégié les noms anglais, dans l'espoir secret d'une traduction qui tardait à venir, et en hommage aux innombrables westerns dont je m'étais nourri, enfant, et qui avaient largement influencé mon imaginaire.

Dans mon dernier album, on faisait plus ample connaissance avec Jenny Pearl, un nouveau personnage féminin, légèrement psychopathe, à peine entr'aperçu à la fin du tome précédent. Elle était belle, BD oblige.

Trompant la vigilance du vieux Jim Bear Oregon, qui pourtant en avait vu d'autres, elle réussissait à s'évader à la station de Nohope, après six pages seulement et l'assassinat de trois de ses codétenus de la plus atroce des façons, que les lecteurs avides de monstruosités découvriraient en lisant ce prochain album, très bientôt chez les bons libraires.

Dans sa cavale, elle échouait au Farting Louse, sinistre cabaret qui servait de maison close, dans lequel sa trajectoire croisait celle du Chanteur, un autre fou furieux découvert dans le tome IX, *La mort chante derrière toi*, qui avait pour habitude de composer des ballades nostalgiques pour ses futures victimes, avant de les égorger avec une clé de *fa*.

Il me tardait de voir le rendu des couleurs, comme toujours. La couleur est une composante essentielle du travail de l'illustrateur. Une impression ratée peut quasiment réduire à néant des mois de boulot. J'avais réussi à me rendre à l'imprimerie au moment du tirage, j'en étais reparti plutôt confiant, l'équipe était professionnelle, le calage parfait, le résultat paraissait bon.

Il n'empêche, j'étais anxieux. Ce n'est pas rare chez les artistes.

En attendant, pour tromper – sans succès – mon impatience grandissante, une fois terminée ma journée de travaux, je commençais ma journée de travail, car il ne se ferait pas tout seul.

Je m'étais replongé dans mes fringillidés et autres passereaux, afin d'avancer ma participation au tome IV de *La Grande Encyclopédie des oiseaux d'Europe* (dont il était prévu de publier huit tomes). Je passais des heures à ma table, le nez plongé dans les plumes, à soigner de façon maniaque les variations de teintes, taches et mouchetures des rémiges, tectrices et autres couvertures qui sont, comme chacun le sait, les noms des différentes plumes qui s'agencent et qui se recouvrent le long des ailes des oiseaux.

Prune respectait ma cadence, habituée qu'elle est à mes croisières en solitaire dans le fouillis de mon cerveau. Depuis quinze ans – déjà ? – que nous vivons ensemble, elle connaît mes divers visages. Elle sait à quel moment j'enfile la tenue du documentariste, elle le devine sans surprise aux piles de documents divers et d'encyclopédies qui envahissent l'atelier, la table de la cuisine et la zone comprise entre mon côté du lit et la commode en bois peint, ainsi qu'aux heures passées dans le jardin à faire des croquis ou prendre des clichés d'une patte ou d'une aile, ou derrière mon écran, à chercher sans relâche toutes les vidéos et toutes les photos qui pourront me montrer avec précision les bandes tricolores, noires, blanches et rousses, qui bordent la bavette de la gorgebleue à miroir *(Luscinia svecica)*.

Sans parler de mes journées d'affût en forêt ou campagne, les seules pour lesquelles j'accepte de me lever aux aurores, pour ensuite demeurer camouflé de l'aube au crépuscule sous ma tente à trois pans, la figure plus peinturlurée qu'un bleu-bite en manœuvre, affublé d'un poncho de randonnée ridicule, mes appareils photo aux divers objectifs et mes carnets de route à portée de la main.

Dès que je suis derrière ma planche, je n'y suis plus pour personne, surtout pas pour moi-même. C'est une concentration totale, le cœur se ralentit, la pensée est ailleurs, la finesse du travail s'élabore en dedans. Je ne suis qu'une main, qui ne doit pas trembler, un regard, qui ne doit pas ciller. Lorsque je suis documentariste, la minutie qu'impose l'aquarelle, la précision du trait, l'indispensable fidélité envers les coloris, formes et proportions, le choix rigoureux des pigments, tout ce qui fera naître la brillance, le soyeux, le mouvement, l'éclat, l'illusion de la vie, tout ce qui apportera une crédibilité à ce que je dessine et à ce que je suis – car c'est l'enjeu, au bout du compte – se joue sur quelques millimètres, un trait de plume, une ombre, un blanc, pour donner au lecteur l'impression que l'oiseau est là, tout palpitant et tiède, et que si on le touchait du doigt, il pourrait tressaillir, peut-être. Je n'ai pas hérité d'un prénom de magicien pour faire des oiseaux plats comme la feuille est plane. Je dois montrer la profondeur, donner la dimension ultime, le souffle, la présence. Je ne veux pas colorier des cocottes en papier. Il faut que l'oiseau respire, et il faut qu'il s'envole.

Il faut que je sois Dieu.

Ma douce sait aussi à quel moment précis Wild Oregon reprend ses droits, recommence à me travailler, à s'élaborer en sourdine. Elle perçoit mon agitation, qui sera suivie d'abattement, puis de moments de gaieté hystérique, suivis d'un besoin de silence et de calme, et d'un rangement névrotique de mon atelier, qui précédera l'accouchement.

Elle connaît par cœur mes périodes mutiques, mes longues gestations d'éléphante angoissée, mes semaines d'éclipse, quand je rumine comme une vache des heures et des heures durant, avec le même œil doux et légèrement absent.

Lorsque je bosse sur un nouveau tome de ma série Wild Oregon (« Wild » seulement, pour les intimes), le défi n'est pas moindre. Créer une fiction, cela ne veut pas dire faire n'importe quoi. La liberté se paye au prix de l'exigence et de la cohérence. La folie doit être plausible, et le délire vraisemblable. La vie se permet bien plus de fantaisies, d'outrances et de bizarreries que ne pourra jamais s'en permettre un auteur, aussi cinglé soit-il. C'est ainsi et il faut l'admettre. Tout a été créé et tout a été dit.

Mon travail, c'est trouver ma voix. J'ai choisi d'être à la fois auteur et illustrateur de ma série Wild, c'est assez rare dans le métier. J'ai la chance de ne dépendre que de moi, je crée un univers à ma propre mesure.

C'est ce privilège qui m'angoisse, car il fait de moi d'un même coup le mineur, la pioche et la mine.

Je ne peux pas me laisser porter par un texte d'auteur, qui servirait de base à mes illustrations.

Je ne peux pas faire l'impasse sur la difficulté qu'il y aura à rendre tel ou tel personnage ou décor, en me défaussant sur le dessinateur qui devra se débrouiller avec ce que je lui donne.

Je sème et je récolte, je me donne à moi-même mon propre grain à moudre, et je vais chercher l'eau, et je souffle le vent.

Des mois de travail.

Des mois.

Des ébauches, des brouillons, des croquis bons pour la poubelle, le chat Chausson qui fout en l'air une journée de travail en sautant sur la table au plus mauvais moment, une existence d'enlumineur arrimé à son parchemin, quand il fait beau dehors, que les amis m'appellent pour aller prendre un verre, et que la vie s'écoule sans que j'y participe. Et puis mes éditeurs, Philippe pour la BD, Alice pour l'encyclopédie, qui me téléphonent de temps à autre, sans jamais me mettre la pression, mais dont les noms soudain affichés sur l'écran de mon téléphone déclenchent toujours en moi un sentiment affreux de culpabilité.

— Tu en es où ? Ça avance ?

Je dis que oui, je mens, je triche, je m'invente des planches pas encore ébauchées.

Je voudrais avoir fini sans avoir commencé. J'aime quand je dessine, mais le temps est si long, une heure de travail pour une simple plume sur l'un de mes *passéridés*. Des jours, pour une planche, pour certains paysages, les détails d'un saloon ou d'un aéronef.

Sans parler de la couverture, qui doit tout dire et tout cacher, qui doit faire sa pute, se vendre au plus aimant. La *couv'*, qui doit donner à la main du lecteur l'envie irrépressible de se tendre vers elle, de saisir cet album, parmi tous ceux posés sur la table du libraire.

C'est la partie que je n'aime pas, celle qui me renvoie à toutes mes peurs d'enfant.

Et si personne ne veut de moi pour jouer dans sa bande ?

Et si personne ne m'aime, qu'est-ce qui se passera ?

PREMIÈRES TUILES

Sous lesquelles se cachent :
Deux héros de BD, un singe hurleur (femelle),
quelques tirs de sniper, et un enterrement de vie
de vieux garçon.
Sans oublier, bien sûr, un mortissoir à brinches.

Nous avions la maison depuis près de six mois. Prune débordait d'idées poétiques et folles.

Je barbotais dans la béatitude comme un pruneau dans l'armagnac.

C'est alors que.

On croit être arrivé au port, on se prépare mollement à vivre une vie de youyou amarré à l'embarcadère, on se laisse enfin aller à l'idée du bonheur, on en accepte la perspective, on s'en réjouit secrètement, et c'est à ce moment-là que survient la tempête. Le tsunami violent qui emporte les digues, ou la modeste crue qui déborde sur le quai, c'est selon. À chacun d'entre nous son propre cataclysme. Ce n'est pas l'ampleur des dégâts qui fait l'étendue de la peine. J'en ai connu qui pensaient au suicide après avoir perdu un album de photos.

Mais le plus étrange, c'est que l'épreuve surgit souvent à l'instant même où le bonheur semblait acquis. Avec une précision de frappe chirurgicale.

Pourtant, si on prenait le temps de regarder en arrière, on la verrait venir de loin, la vague. Haute comme un immeuble, et qui se rue vers nous, et enfle, et se propage, décidée à s'abattre sur nos appontements, les petits quais branlants dont nous étions si fiers, à fracasser d'un coup nos coquilles de noix, les couler par le fond, ou les éparpiller vers des îles lointaines.

Tout allait pour le mieux.
Et puis Laurent est mort.

La vie est un feuilleton tellement prévisible. On sait bien ce qui nous attend, au dernier épisode de la dernière saison. Où trouve-t-on l'innocence de s'étonner encore ?

J'aurais dû me douter que Laurent mourrait un jour. Ce genre de plaisanterie arrive assez souvent, surtout passé un certain âge.

Mais j'avais beau le savoir, je ne m'y attendais pas.

Laurent et moi, nous sommes restés voisins pendant plus de dix ans, avant que je ne reparte m'enfumer comme une tranche de saumon dans les rues de la capitale, pendant quelques années trop longues auxquelles l'achat de la maison avait heureusement mis fin.

C'est en voisin que je l'ai connu. Je venais de louer l'autre moitié mitoyenne d'un ancien relais de poste au plein centre du bourg dans lequel j'avais grandi, et où j'étais revenu, en pleine régression teintée de nostalgie, après une rupture.

Grâce à un faux dossier, j'avais réussi à convaincre ma propriétaire que j'étais le locataire idéal. Si elle avait connu mes problèmes bancaires, elle m'aurait éjecté à grands coups de balai. *Vade retro*, l'illustrateur. Un artiste ?! Pas de ça chez nous.

Laurent m'avait vu débarquer un beau matin avec le même amour dans le regard que celui de Clint Eastwood/Walt Kowalski vis-à-vis de ses voisins hmong, dans le film *Gran Torino*. Pourtant, je ne comptais pas lui piquer sa bagnole et, d'ailleurs, il n'en avait pas.

Il avait plus de cinquante ans, on sentait qu'il avait vécu. J'avais la trentaine entamée, Prune n'avait pas encore posé sa patte sur mon cœur et ses valises dans mon entrée, et je galérais pas mal depuis plus de sept ans, même si j'avais déjà publié deux bandes dessinées.

Deux jolis petits succès d'estime, comme on dit des bouquins qui ne se vendent pas.

Je m'habillais très sobre, limite un peu mormon. Je ne buvais que de l'eau, ou presque (j'aime donner de moi une image positive). De nous deux, c'était Laurent qui avait le look sauvage des illustrateurs de BD : queue-de-cheval, front dégarni, futals en cuir moulant ses hautes jambes maigres, blouson taillé dans le même animal, bottines à bouts pointus, ferrées comme il se doit, et barbe de trois jours.

Je venais de décrocher un contrat léonin dans un nouvel hebdo pour gamins qui me demandait une série à héros récurrents pour garçons entre huit et treize ans. Autrement dit, des dernières Chupa Chups aux premières branlettes. J'allais devoir ratisser large.

Laurent et moi, nous nous apercevions parfois de part et d'autre de la haie. Bonjour-bonsoir d'un hochement de tête, lui lisant son journal, assis sur la marche du seuil, un verre posé sur la marche en dessous, moi sortant de mon antre à des heures de vampire, pour aller prendre l'air dans le seul pub enfumé de la ville. Le reste du temps, je restais chez moi, rideaux tirés, peinant et trimant sans relâche sur mes aquarelles et lavis délayés à la sueur, pour ne pas me morfondre sur mes peines de cœur.

Un matin de plein vent, alors que je venais de laisser tomber par terre les dernières planches que je m'apprêtais à livrer au journal, en ouvrant la portière de ma Fiat 127, je l'ai vu apparaître devant moi. Il avait préféré traverser notre haie, plutôt que de faire le tour en passant par la rue. Mais la haie était maigrichonne, et son aide était bienvenue. Il m'a aidé à ramasser mes feuilles déjà éparpillées tout le long du chemin, puis il s'est accroupi sans rien dire, les lèvres serrées sur un mégot jauni, et les a replacées en liasses arbitraires non sans les étudier calmement au passage.

Enfin, il s'est relevé, m'a collé sa récolte dans les bras, et il m'a demandé :

— C'est toi qui fais tout ça ?

— Oui, j'ai dit, assez fier de ma production récente. Ça vous plaît ?

— Pas trop, non. Tu débutes ?

Laurent était toujours d'une franchise assassine.

Je l'ai dessiné le soir même, pour me passer les nerfs.

J'ai toujours fonctionné ainsi : la plupart de mes héros, je les ai kidnappés à la réalité, pour les emprisonner dans de petites cases, sans issue de secours, en vrai bon psychopathe.

Je l'ai planté en quelques traits rapides dans un coin de mon carnet de route. Il est apparu tout de suite – ou presque – avec sa panoplie de cow-boy un peu ringard.

L'œil froissé, le mégot, les mains maigres aux doigts jaunes.

Un personnage, un vrai, qui allait crever la feuille comme un acteur crève l'écran.

Laurent, habillé en cow-boy, 22 long rifle en bandoulière,
armé d'un Rotring Isograph 0,13[1],
essaie de reproduire avec application un portrait magnifique
exécuté par son jeune et talentueux voisin (moi).
Résultat de son travail, en gros plan :
un bonhomme têtard. Le cow-boy est humilié.
L'artiste (moi) ne peut dissimuler un sourire narquois.

Le cow-boy le flingue à bout portant.
Pan.

Je n'y peux rien, c'est ainsi que je fonctionne, je suis une fabrique à produire du crobard, de l'esquisse, du dessin, au trait ou à la plume. Ça ne s'arrête jamais. J'imagine, j'invente, je compose, j'engendre, j'emprunte, je transmute, je transpose.

1. Un des meilleurs stylos à encre, d'après moi. (Et je ne touche rien sur les ventes.)

Je crée.

Autant je suis un minutieux, scrupuleux du détail, tatillon, méthodique, lorsqu'il s'agit de représenter le réel dans les livres d'anatomie ou les encyclopédies que j'illustre – animaux à plumes et poils, poissons, insectes et autres arthropodes, et la flore qui va avec –, autant, pour la BD, je saisis, je harponne, je happe les idées, les regards, les postures, tout ce qui passe à ma portée de grand prédateur de l'instant.

J'ai fait de la caricature, à mes débuts, il y a longtemps. Ça ne m'allait pas si mal, j'avais le regard juste, mais je n'étais pas suffisamment méchant. La faute à mes parents, à qui j'en veux beaucoup : quand on s'appelle Merlin Deschamps, ça n'incite pas au carnage.

Je mordille, je mâchonne, je pince les mollets, mais j'arrache rarement le morceau pour de vrai. Je ne suis pas dangereux, avec mes dents de lait. J'ai tendance à vouloir illuminer le monde, à y mettre un soupçon d'étrange et de magie.

J'ai deux vies – comme tout le monde. Celle du quotidien, de l'action, du réel. Et l'autre, la secrète, dans laquelle je bricole, je retape, j'arrange, je réinvente l'existence des amis et voisins, sur Canson 250 grammes extra blanc à grain fin.

En vingt ans d'amitié, avec son physique à la Clint Eastwood mâtiné de Sean Connery, Laurent a fait partie de mes victimes préférées, au point de devenir très vite mon principal héros, Jim Oregon, dit Jimmy Bear – Jimmy Old Bear pour les intimes –, grand bourlingueur de zinc, flibustier de comptoir, perpétuellement coiffé de son Stetson « Boss of the Plains », vêtu d'un jean râpé, d'une chemise à carreaux et d'un gilet de laine, bandana rouge autour du cou, chaussé de ses vieilles Granger boots marron, à bouts carrés, comme il se doit.

Ce bon vieux Jim, qui a fait ma fortune, conducteur de convoi stellaire, chatouilleux de la gâchette, grand joueur de poker et buveur de whisky, traversant les déserts cosmiques de son univers déjanté, dans ma série Wild Oregon – douze volumes parus, le treizième à venir –, qui a suffisamment bien marché pour me permettre d'investir dans une ferme sans eau chaude.

Prune aussi m'a servi de modèle, comment faire autrement ? Travailler, c'est rester loin d'elle et, loin d'elle, je suis loin de tout. J'avais besoin qu'elle m'accompagne.

Si Laurent a toujours été mon premier vrai critique, car Prune m'aime trop pour me faire du mal, Prune, elle, est le premier témoin sur la scène de mes crimes.

Je ne lui montre jamais mon travail en entier, avant la parution, pas plus que je ne le faisais pour Laurent, j'ai mes pudeurs d'artiste et j'aime bien laisser la surprise au lecteur, mais elle est ma compagne et donc elle m'accompagne, et s'intéresse à mon travail.

Lorsque j'ai commencé la série, Prune n'était pas encore près de moi. J'ai fait sa connaissance pendant que je travaillais sur le deuxième tome.

Tout ce qui est important dans ma vie, tout ce qui compte à mes yeux, amitiés, déceptions, joies ou galères, finit par se retrouver d'une façon ou d'une autre dans mes pages, en cerne ou bien en inclusion, comme le verre de couleur fait le cœur du vitrail, sa lumière exaltée par la noirceur du plomb. Après quelques essais trop sages, j'ai enfin vu ma toute belle surgir sous mes yeux et ma plume en Miss Plum – Phoebe de son prénom –, tenancière du Blue Rooster, un tripot fréquenté par des individus bien peu recommandables, dans le quartier le plus mal famé de la cité de Backwater, qui sert de point de ralliement à tous les insurgés, et aux pires canailles. Phoebe Plum, pétroleuse activiste en lutte contre le Grand Conseil des Nations désunies, femme de tête, d'affaires, mafieuse avérée, et superbe amoureuse.

Elle est devenue un personnage récurrent de Wild Oregon, et elle y a mérité son statut d'héroïne dès le début du tome III, *La ballade de Phoebe Plum (chez tous les bons libraires).*

Elle croise souvent ce bon vieux Jim, quand il revient à Backwater, entre deux de ses expéditions. Ils sont comme chien et chat d'une même maisonnée. Un mélange de méfiance et d'estime – griffes aiguisées, retroussements de babines –, tout ça bien humecté au vieux whisky maison, et longuement secoué dans le shaker de la vie.

Le genre de rapports qu'on adore dans les films, quand on pressent dès le début que les deux héros qui se haïssent au premier regard échangé finiront par devenir meilleurs amis au monde.

Depuis l'origine de la série – bientôt dix-neuf ans –, Miss Plum se balade en guêpière et désintégrateur dernière génération, bas résille et talons.

Pour ne pas déroger aux vieux standards phallos de la bande dessinée, qui font de toute femme un concentré de courbes, je l'ai gratifiée d'un joli cul plus rond et pommelé qu'une lettre oméga écrite en minuscule[1], et d'une paire de seins en obus grand format.

Je suis amoureux de Phoebe presque autant que de Prune. Je n'exagère pas.

Je dessine ses rondeurs avec des précautions de Valentin fébrile, la pointe de mon stylo vient caresser la feuille plus tendrement qu'une main sur un corps. Prune me dit qu'elle est jalouse. Elle a de quoi. Phoebe ne prend pas une ride, elle aura toujours trente-cinq

1. ω

ans, le plus bel âge de la femme. Elle ne me contredit jamais. Et, certains jours, je dois l'avouer, j'aimerais bien voir ma Prune avec les mêmes seins qu'elle. Pourtant elle me plaît tellement comme elle est, ma limande, ma sole.

C'est le problème de l'artiste avec sa création. Obscurs Frankensteins que nous sommes, attachés de façon névrotique à nos bulles, nos cases, nos créatures. Illégalement squattés par tout ce joyeux petit monde en cavale, échappé malgré nous de nos cerveaux malades, par une porte dérobée. Une porte entrouverte dans le mur de l'asile qui donnerait sur la cour du fond et, par-delà la palissade, sur le monde *réel* que je trouve parfois, moi, tellement peu crédible.

Les artistes sont poreux, ils n'ont pas de limites, leur imagination déborde sans arrêt. Leur univers transpire, puis se matérialise, devient réalité, se met à exister d'une existence propre. Il leur survit parfois.

Parfois même, longtemps.

Et Laurent est mort, donc.

Depuis que nous avions acheté la maison, ma toute belle et moi, je passais le voir une à deux fois par mois seulement car le trajet était devenu conséquent, plus de neuf heures de route, et mon emploi du temps bien bétonné par Prune, qui me laissait des Post-it collés un peu partout, fort joliment calligraphiés :

Mon amour kamoi de ma vie of my life, il faut :

- *Changer le joint du lavabo*
- *Finir le ragréage de la chape de l'entrée*
- *Poncer les grosses poutres (je les peins en bleu, ou pas ?)*
- *Me faire des bisous*

Auxquels je répondais le plus souvent en bulles et en cases.

Les murs de la cuisine se couvraient lentement de notre feuilleton, dont Prune collectait amoureusement les feuillets car, disait-elle, ce serait aussi bien que des photos de chantier, pour se souvenir, plus tard, quand on serait enfin vieux.

Merlin transpire sous la tâche,
madriers et parpaings empilés sur son dos.
Prune et le chat dorment dans les pattes l'un de l'autre,
sur un coussin géant digne d'Haroun El Poussah,
le calife d'Iznogoud.

Ou bien

Merlin suffoque sous la fuite du lavabo
changée en torrent furieux.
Prune, totalement nue, tranquillement assise
sur une bouée canard, lit un magazine de déco
au milieu du séjour transformé en piscine.

Ou encore

Merlin les deux pieds pris dans la chape de ciment,
la tête basse et l'air penaud,
fusillé du regard par une Prune rouge de colère,
les deux bras fermement croisés sur son petit 80 A.

Je montrais volontiers mon travail à Laurent, que je plaçais parfois dans un coin de mes cases, en observateur ironique, telle la coccinelle de Gotlib. Ou de façon plus discrète, caché dans le décor : portrait jauni du vieil Old Bear, dans un cadre sculpté posé sur la cheminée ; affiche de western avec Jim Oregon en vedette principale ; trophée de la BD du siècle dans le fouillis des étagères, à l'effigie de Laurent, complètement pété.

Laurent n'était pas insensible à ces marques d'irrespect. Je pouvais le constater au nombre de portraits de lui qu'il avait soigneusement punaisés sur ses murs.

D'entre toutes mes impertinences, celle qu'il préférait était sans doute un grand dessin à la plume, format raisin, représentant Prune endormie dans notre chambre, dans un haut lit à baldaquin. (J'aime la représenter ainsi, je trouve qu'elle dort avec un talent admirable.)

La particularité du dessin tenait à la tapisserie qui recouvrait les murs, dans le plus pur style toile de Jouy. Pour peu qu'on y prête attention, on pouvait distinguer – au sein de délicats motifs à l'inspiration pastorale – ce vieux Jim Oregon, le jean sur les mollets, en train de culbuter frénétiquement moutons, pâtres, bergères, sur un fond de décor champêtre, bosquets, oiseaux, fleurettes et satyres puants *(Phallus impudicus, champignon basidiomycète de la famille des phallacées/ill. Merlin Deschamps).*

Lolie m'a annoncé le décès de Laurent un dimanche, à vingt-trois heures quinze. Pourquoi avoir gardé l'heure exacte en mémoire ? D'où nous vient ce besoin de repères, de cairns ?

Elle parlait trop vite, d'une voix éraflée pleine de *Si j'avais su* et de tout ce grand remords absurde, inutile, stérile, ce boa constrictor qui resserrait sa prise, qui l'étouffait déjà.

Elle avait vécu avec Laurent pendant plusieurs années, il en était resté un bel attachement. Elle m'expliquait entre deux crises de larmes qu'elle aurait dû rendre visite à Laurent le jour même, qu'il l'avait appelée la veille, pour lui demander de passer. Elle n'avait pas pu. Elle n'avait même pas pris le temps de lui téléphoner. Elle pensait le faire dans la soirée, s'excuser à retardement. À présent, elle se demandait ce qu'il voulait lui dire. Elle ne le saurait jamais. C'était peut-être important ? Il l'avait peut-être attendue ?

— On l'a retrouvé assis sur les marches, comme d'habitude, tu vois ?

Oui, je voyais très bien.

Je l'avais si souvent trouvé là, à cette place d'où il pouvait contempler la rue, les arbres des jardins et, au-delà, par-dessus les antennes et les tuiles, le ciel entier offert à son œil de vigie.

Laurent avait eu la politesse ultime de mourir au vu et au su de tout le quartier, assis sur le seuil de sa porte, au lieu de s'avarier tout seul dans son séjour, à l'abri des volets fermés.

On a peu de mots dans ces cas-là. Pas tellement de dessins qui viennent, d'idées de croquis poilants à faire pour se marrer, non. L'humour, ça vient plus tard, lorsque ça cicatrise.

Une fois le poignard retiré de la plaie.

L'ami qui part, ou l'amant, ou l'enfant, c'est toute une saison de la vie qui s'achève, et jamais plus ne reviendra. Il nous faut accepter ces puits creusés à vif dans la chair des mémoires, nous asseoir sur le bord un instant et pleurer, puis repartir, laissant derrière nous des paysages effacés à jamais et qui ne vivront plus que dans nos souvenirs.

Nous poursuivons ainsi nos existences entre vides et manques, jetant des ponts fragiles entre tous nos abîmes, avançant à l'aveugle vers les jours à venir.

On peut croire que le temps passe. Mais c'est nous qui passons, pour ne plus revenir.

Je me souviendrai toujours de la voix de Lolie, ce soir-là. De sa peine.

J'ai encore dans l'oreille les petites brisures aux détours de ses phrases, comme autant d'échardes pas encore poncées qui se redresseraient dans la veine du bois.

Ses premiers mots, déjà, qui m'avaient alerté…

— *Merlin,* c'est moi. Lolie.

Elle n'avait pas besoin de me le préciser, j'aurais reconnu sa voix entre mille, ce mélange inimitable de chanteuse de jazz et de vendeuse sur le marché, avec une puissance savamment maîtrisée, quelques raucités émouvantes, un enrouement léger, de rouille et velours, que j'ai toujours trouvé sensuel au possible. Laurent aussi, d'ailleurs, qui m'avait dit un jour :

— Comment ne pas aimer une femme avec une voix pareille ? Moi, elle me fait bander juste en demandant de lui passer le sel !

À l'époque, pourtant, les ébats amoureux devaient être bien loin derrière son horizon, mais ça n'avait pas d'importance. Lorsqu'il regardait Lolie, même après leur séparation, il le faisait toujours avec une expression que j'ai rarement vue dans le regard d'un autre homme. Rien de possessif, non : un émerveillement comblé, comme pourrait en avoir un esthète averti devant une statue à la grâce parfaite.

Là où je voyais une femme un peu ronde, encore assez jolie mais somme toute banale, Laurent faisait la cartographie d'un continent perdu, se souvenait avec émotion de ses voyages au long cours, des heures de tendresse, et des nuits de plaisir.

Le corps a beau lâcher, on n'efface jamais la mémoire du désir.

Chacun de nous a sa propre façon d'annoncer les mauvaises nouvelles, suivant le degré de la peine et de l'intimité. Certains sont brusques, d'autres, précautionneux.

D'autres encore, évasifs.

Au tout début de notre histoire, Prune m'a raconté que le jour où sa mère s'était tuée en moto, son père l'avait appelée au téléphone pour lui dire :

— Ta mère nous a quittés.

Comme ses parents étaient à l'aube d'un divorce, elle n'avait pas compris. Elle avait cru que sa mère venait de faire sa valise et s'était sentie soulagée, car c'était ce qui pouvait arriver de mieux à ses parents. Mais lorsqu'elle avait demandé à son père s'il savait où elle était, il avait répondu, d'une voix détimbrée :

— Elle est à l'autopsie. Ils me rendront le corps après-demain.

Depuis, Prune ne dit jamais d'une personne décédée qu'elle nous a « quittés ». Elle dit qu'elle est morte. C'est clair.

Le dimanche où Lolie m'a appelé, ses premiers mots m'ont étonné :

— *Merlin,* c'est moi.

Lolie ne m'a jamais appelé Merlin. Jamais. Même pour me dire bonjour. Elle dit « Salut l'artiste ! », me surnomme le gribouilleur, ou encore Johnny, je n'ai jamais su pourquoi.

— Eh ! Johnny ! Tu veux un café ?

Ou bien, quand nous étions ensemble, avec Laurent ou Genaro, elle nous amalgamait d'un seul et même « les garçons ». *Les garçons, on va à la mer ?*

Mais « Merlin », non.

Rien qu'à l'entendre prononcer mon prénom, j'ai compris que c'était grave, que la vie ne serait plus pareille, à la fin de la conversation.

Ensuite, après avoir parlé longuement avec elle, après avoir annoncé la nouvelle à ma Prune, qui a durement accusé le coup, je suis sorti dans la nuit, je suis allé m'asseoir sous le saule pleureur, bien assorti à mon humeur.

Prune est venue m'apporter mon blouson. Elle était effondrée. Chaque deuil qui survient dans notre périphérie la ramène sur le quai de ses propres adieux. Prune a vu partir trop de gens vers l'ailleurs, trop de trains avant l'heure. Elle est trop familière des mouchoirs qu'on agite.

Elle aimait beaucoup Laurent. Ils avaient des rapports houleux, de vrais rapports à la Phoebe/Jim, qu'ils appréciaient secrètement tous les deux. C'était l'une des rares personnes à lui rentrer dedans sans y mettre de gants, quand il passait les bornes. Ma Prune est une justicière, une superwoman sans jupette ni collant, elle a toujours un combat à mener, un salaud à coincer dans les cordes, ou un ami à qui secouer les plumes lorsqu'il se laisse aller la tête dans l'oreiller.

Prune s'est posée sur le banc, près de moi, dans le noir. Sans rien dire. Le nez dans son écharpe, reniflant doucement de chagrin et de froid, une main serrant son col autour de son cou frêle, ou tamponnant ses yeux du coin de son mouchoir, son autre main sur la mienne.

Pas de questions, pas de commentaires. Il y aurait un temps pour tout ça. Un temps propice, un jour, pour récapituler les mois et les années, pour se ressouvenir, et prendre la mesure de ce qui était perdu. Mais pas maintenant. Nous étions à l'instant de la sidération, figés par la surprise, incapables de ressentir une simple émotion, sans parler d'une douleur véritable.

Car je n'avais pas mal. Laurent venait de mourir et je n'avais pas mal.

C'était une tristesse à la fois diffuse et compacte, plus moelleuse qu'une couette. Aucune aspérité, aucune lame traîtresse à la pointe cachée au cœur de l'édredon.

Je me suis profondément entaillé la main droite, il y a quelques années, en bricoleur empoté que je suis. Je n'ai rien senti du tout, à mon grand étonnement, car la blessure était large et profonde. Je me souviens que l'interne qui m'avait recousu, à l'hôpital du coin, m'avait expliqué que, parfois, les gens sont si grièvement blessés que l'information ne parvient pas tout de suite à leur cerveau, trop occupé à gérer d'autres choses.

Je lui ai demandé à quel moment on souffrait, dans ce cas.

Il a fait un joli petit nœud sur le dixième point, il a contemplé son reprisage d'un air satisfait de son œuvre, puis il m'a dit, d'un ton léger :

— Bah ! Ça fait mal quand ça va mieux. Vous verrez bien vous-même.

J'avais vu – et bien vu – en effet, le soir même.

Comme Laurent n'avait pas d'autre famille, son vieil oncle Albert, qui vivait à deux pas, se chargerait de l'organisation de la cérémonie avec les pompes funèbres.

L'oncle m'a appelé le lendemain matin à six heures.

Je venais à peine de trouver le sommeil. Je me souviens d'avoir rêvé d'une sonnerie aiguë, persistante, insistante, qui hurlait quelque part dans un néant lointain.

Collée contre mon dos – son nez au creux de mon omoplate, son bras amarré à mon ventre –, Prune a grommelé des choses incompréhensibles sur un ton qui ne l'était pas, tout en me bourrant les chevilles de coups de pieds, ce qui est toujours son premier réflexe quand on ose la réveiller à des heures indues.

Le téléphone sonnait vraiment.

J'ai décroché à tâtons, j'ai compris que c'était l'Oncle, je me suis levé au radar, et je suis sorti de la chambre mes habits sous le bras, à poil comme un amant que le mari va surprendre, en chuchotant *Allô ? Allô, ne quitte pas...* pour ne pas déranger ma marmotte furieuse, car la bestiole n'aime pas ça.

Dans la cuisine, il faisait froid.

Le téléphone coincé entre l'épaule et l'oreille, au risque d'aggraver mon vieux torticolis, j'ai essayé d'enfiler mon caleçon sans me casser la gueule, tout en nettoyant le fourneau des cendres de la veille, oubliant que je suis un homme et, de ce fait, tout à fait incapable d'effectuer plus d'une tâche à la fois.

— Je ne te réveille pas, au moins ? a demandé Albert d'une voix chevrotante, et nouée plus serré que sa cravate à pois.

— Bien sûr que non, j'ai dit. Je reviens de la pêche.

— Ah, bien, très bien ! il a dit. Toi aussi, tu es un matinal ! Sais-tu que je me lève tous les jours à cinq heures trente ? Vingt minutes de gymnastique, une douche, deux œufs à la coque, quelques pages de saint Augustin. Quoi qu'il se passe dans le monde, je fais cela chaque matin, depuis plus de soixante ans. *Mens sana in corpore sano*, un esprit sain dans un corps sain, voilà tout le secret de la longévité.

J'ai approuvé d'un ton suffisamment alerte pour laisser supposer que j'agissais de même, quand la douche est le seul point commun entre nos deux emplois du temps.

Puis j'ai demandé à l'Oncle Albert s'il avait des détails sur le décès de Laurent, histoire de le recaler doucement entre les rails, car il avait déjà perdu de vue la raison de son appel.

Sa voix a chaviré d'un coup. La mort avait été subite. C'était le cœur, probablement.

J'ai envoyé mentalement à Laurent mes plus beaux compliments posthumes, pour avoir décroché une fin aussi proprette, à la grande tombola qui n'a pas de perdants.

— Eh, oui ! Quelle tristesse… Un homme encore si jeune ! Et en pleine santé ! Jamais d'excès, jamais de tabac, ni d'alcool… continuait l'Oncle Albert qui, depuis fort longtemps, ne brille plus vraiment par sa lucidité.

Je suis allé dans son sens, à quoi bon. J'ai consacré le temps nécessaire aux formules de circonstance – *Le destin, ah là là, vraiment, quelle injustice ! Nous sommes peu de chose… Qui aurait pu prévoir…* –, tout en me disant à part moi que le destin en question s'était montré plutôt bienveillant et complice, en accordant soixante-quinze ans de crédit à un type aussi peu soucieux de gérer son capital.

Nous avons convenu de nous retrouver sur la place de la basilique, le mercredi à dix heures.

— Je serai avec Tante, a précisé l'Oncle Albert.

J'aurais pu m'en douter. Une mauvaise nouvelle n'arrive jamais seule.

— La pauvre est bouleversée ! a-t-il ajouté, d'une voix plus sonore, comme s'il se savait espionné.

J'ai ri.

— Tu crois vraiment ce que tu viens de dire ?

Albert a toussoté. Il a dit :

— Ah ! Je suis tellement heureux à la pensée de te revoir, Merlin !

Puis, après un silence un peu embarrassé, avant de raccrocher :

— Quand bien même j'aurais, de loin, préféré que ce fût en d'autres circonstances.

Je suis allé jeter un coup d'œil dans la chambre, Prune dormait toujours. Cette fille a une capacité de sommeil incroyable. Moi, ça m'émeut toujours, autant d'application.

Prune, dans un nid de plumes,
dort en suçant son pouce.
L'illustrateur, assis sur une branche, au-dessus d'elle,
la dévisage d'un air complètement amoureux.

Je l'ai laissée dormir. J'ai préféré garder ce moment pour moi seul, en parfait égoïste. Je me suis fait un café sans sucre, j'ai entrepris de démarrer un feu. Tout un art ancestral que je maîtrise à peine, papier froissé, allume-feu, petit bois sec, bûchettes fines et moins fines, le tout judicieusement agencé. Enfin, lorsque les flammes ont pris dans le poêle de fonte, je l'ai chargé de bûches à ras la gueule, ça s'est mis à ronfler d'une jolie façon.

J'ai tiré mon fauteuil en paille, je me suis assis, les mains déjà tendues, dans l'attente de la chaleur qui ne tarderait pas à irradier de notre vieux Godin vert à l'émail ébréché.

Ça, au moins, ça ne changeait pas.

Les gens pouvaient mourir, et les bêtes. Les saisons pouvaient se repousser l'une l'autre jusqu'au seuil de l'oubli, les amoureux cesser de s'aimer un jour, peut-être, d'autres générations de fouines se succéder pour pisser dans nos combles, et je pouvais déprimer en pull et caleçon dans ma grande cuisine, le feu dans le fourneau chanterait pour toujours la même chanson de braises et de flammèches courtes, une chanson joyeuse, au parfum de résine, au goût de bois brûlé.

Les lendemains de deuil ont quelque chose d'étrange. Le froid semble plus froid, la lumière plus laiteuse. Le chat ne miaule plus de la même façon et ses miaous furtifs sombrent sans résonner dans le silence opaque. Tout semble falsifié. C'est une mauvaise copie des journées précédentes. Le temps ne passe plus, il s'égoutte à grand-peine. Et ce goulot d'étranglement pénible, dans la gorge. Et ce manque glacé, qui envahit l'estomac.

J'ai cherché les horaires de trains. Pour une fois, je n'irais pas en voiture, je ne m'en sentais pas le courage. Et la nuit, j'y vois mal. Mais depuis chez nous ce n'était pas simple. Intercités de nuit. Il en reste encore quelques-uns, à sillonner le territoire, dinosaures échappés des temps pas si anciens où l'on pouvait traverser le pays en couchette, dans toutes ses diagonales et en toutes saisons. Départ 20 h 54, arrivée 6 h 57 (un changement, quarante-deux minutes d'attente en gare). Les fabricants d'horaires pour la SNCF – car je suis persuadé qu'il s'agit d'un métier – sont des pervers maniaques. Pas un seul train en France qui parte à l'heure pile ou arrive de même.

J'ai rappelé Lolie pour lui demander si elle ou Genaro pourraient venir me chercher à la gare. Je pouvais attendre jusqu'à neuf heures ou plus, pas de problème, vraiment, je prendrais un café, et j'en profiterais pour lire le journal. Qu'ils ne s'en fassent pas pour moi. Sinon j'irais à pied jusqu'à la basilique (trois kilomètres, merde…), ça ne me dérangeait pas, du tout, j'aime marcher. Elle m'a traité de pauvre naze, elle a dit :

— Bon, ça y est, tu as fini de réciter ton bréviaire ? Tu crois vraiment qu'on va te laisser poireauter tout seul au buffet de la gare ? On sera là à l'heure, imbécile, et on ira manger un croissant quelque part.

J'ai soupiré de soulagement, proposé qu'on aille prendre un jus à l'Etna, pour changer. Je n'y étais plus allé depuis longtemps. Ça nous rappellerait de lointains souvenirs, à Genaro et moi.

— Il te fait dire que tu seras déçu. Ça a bien changé, tu verras !… a dit Lolie, d'un ton morose.

On s'est quittés sur les formules d'usage : Sois sage, tiens-toi bien. Parle pas aux inconnus.

Ensuite, je suis allé chercher du papier, des crayons, dans le capharnaüm qui me sert d'atelier.

Je suis revenu me caler devant le feu, assis en tailleur, une planche à découper posée sur les genoux, les feuilles posées dessus. Dessiner, c'est encore ce que je fais de mieux, lorsque j'ai de la peine. Laurent s'est présenté aussitôt à l'appel, en vieil ami qui sait ne jamais faire attendre, lorsque l'on a besoin de lui.

Je l'ai vu apparaître, un trait, deux traits, un œil, une ride.

Laurent à califourchon sur une chaise, les bras croisés sur le dossier, le menton écrasé sur les avant-bras, la moue moqueuse, comme ce vieux Jim Oregon.

Puis

Laurent, assis sur la marche du seuil,
donnant la becquée à sa chatte Cirrhose,
perchée sur son épaule.

Cirrhose. La panthère noire, la jalouse, le fauve. Qui allait se charger de cette odieuse bête, qui vous dépèce les mains en moulinant des pattes arrière, quand on ose essayer de lui gratouiller le ventre ? Je connaissais déjà la réponse de Prune : un chat de trop vaut mieux qu'un chat de moins. Elle irait lui acheter un couffin dès demain.

Je pouvais penser en roue libre, voire ne pas penser du tout, le crayon bossait tout seul, connaissait son travail. Je n'avais qu'à le laisser faire, le laisser gratifier Laurent d'un supplément de vie, et croire en mon pouvoir de modeste démiurge.

Laurent dans son infâme fauteuil vert,
dégustant un single malt hors d'âge.

Et encore

Jim Oregon, à cheval, de dos,
faisant un signe d'adieu…

J'ai rectifié d'un coup de gomme. Voilà pourquoi je préfère souvent le dessin à la vie. On peut faire, défaire, changer à l'infini, ou presque, autant de fois que nécessaire. J'ai repris :

Jim Oregon à cheval, de dos…
… faisant signe de le suivre,
le tranchant de la main fendant l'air droit devant.

Un vrai dernier plan de western, lorsque le cowboy solitaire fait démarrer le convoi qu'il a pris sous sa garde, son œil bleu délavé fixé sur l'horizon, après avoir craché son jus de chique, et avant que les Indiens n'attaquent les fourgons. Mon vieux Jimmy Old Bear s'éloignant lentement vers un immense flou, une flasque de whisky dépassant de sa poche.

Mon vieux pote, parti pour des contrées lointaines, pendant que je restais là, à lui faire un décor, des larmes plein les yeux, pour oublier sa mort.

Le temps de récupérer notre voiture au garage, car nous venions de faire changer en urgence la biellette de rappel du carter de soupape, ou quelque chose d'approchant – le garagiste n'avait pas été des plus clair sur ce point mais nous avait prévenus que ça coûterait cher, et c'est un homme de parole –, nous avons quitté notre verte campagne un mercredi après-midi, sous une pluie battante, ma belle Prune et moi.

Prune m'amènerait à la gare, puis rentrerait à la maison. Nous n'avions pas le choix, son piano devait être livré le lendemain entre huit et douze heures. Un instrument de professionnel, cinq gaz, deux fours, fonte émaillée bleu touareg, que je lui avais offert pour son anniversaire en investissant royalement l'ensemble de mes droits pour les trois tomes de *La Grande Encyclopédie des oiseaux d'Europe* déjà parus *(Les passériformes – tome I : sturnidés et corvidés/tome II : alaudidés, sylviidés et plocéidés/tome III : motacillidés et turdidés/ill. Merlin Deschamps).* Soit environ huit ans de travail.

Prune avait rêvé de ce piano de cuisine, et j'avais adoré la regarder rêver. Elle projetait de nous créer de grandes symphonies pour narines et papilles. Je me promettais de la laisser y croire, et surtout de la laisser faire, car je suis encore moins doué qu'elle, ce qui est un remarquable exploit.

Par ailleurs, monsieur Bombala, le plombier, qui jurait de passer « lundi matin » depuis plus de trois mois, nous avait annoncé sa venue pour le lendemain, jeudi. Ce changement était sans aucun doute un signe du destin. Impossible de rater cette éventualité, en tout cas, vu que depuis notre installation nous avions de l'eau chaude de neuf heures moins le quart à onze heures quarante, heure à laquelle, par un sombre mystère, elle redevenait glaciale comme l'eau d'un torrent, jusqu'au lendemain matin où, de nouveau, à neuf heures moins le quart…

En fait, monsieur Bombala s'appelle Monnerey, mais le surnom s'est imposé de lui-même :

— Bon, bah, là, à mon avis, c'est pas ben compliqué, hein ? Bon, bah, là, je passerai lundi avant midi, entre deux clients, ça vous va ? Bon, bah, làààà, j'ai pas trop eu le temps, mais la semaine prochaine, bon, bah, là, c'est sûr.

Pour se consoler du fait de ne pouvoir venir, Prune avait improvisé dans l'entrée un petit autel aux ancêtres, orné de quelques photos de Laurent et de jolies bougies de toutes les couleurs. Avec elle, les objets, inanimés ou non, ont forcément une âme.

Et même un cœur, aussi, souvent.

Et puis les morts sont morts, et ils se soucient peu des falbalas funèbres, et des chagrins publics qui y sont associés. À supposer qu'ils soient autour de nous, pour quelques jours encore, invisibles présences, et s'inquiètent après leur trépas des sentiments que nous avions pour eux, ce n'est pas aux enterrements qu'ils le sauront le mieux.

Nous sommes partis un peu avant vingt heures, pour ne pas être pris au dépourvu en tombant sur une charrette. À la campagne, on ne sait jamais.

Prune avait pris le volant.

Lorsque quelqu'un d'autre conduit – et en particulier lorsqu'il s'agit de moi – elle passe son temps à sursauter, à s'accrocher à la portière, ou à piler sur la moquette dans un effort vain pour freiner. Il est donc entendu qu'elle me sert de chauffeur. Nous y gagnons l'un comme l'autre, elle en durée de vie, moi en tranquillité. Et je peux l'observer à loisir, en sourdine. Prune mérite son prénom. Elle a la peau très fine, sombre, la chair pulpeuse et parfumée, autour d'un noyau dur de douleurs enfantines que rien, en apparence, ne saurait entamer.

Je suis le seul à savoir à quel point l'amande est délicate, immensément fragile, une fois la coque brisée.

Son visage est un lac. La plus fugace des émotions y fait naître lumière et ombre. Je vois se faire et se défaire les nuages, derrière ce front têtu et bombé de chevreau. Je la détaille en plans serrés, je zoome sur ses lèvres fines, sur ses mèches brunes en bataille – des mèches où depuis peu des cheveux blanc de neige ont entrepris l'assaut de ses tempes bouclées. Elle tient à les garder, elle dit que ça lui donne le charme de l'ancien, que ça lui plaît beaucoup de se savoir « d'époque ». Je suis d'accord avec elle. Je préfère de loin les Prunes quand elles sont mûres. Bien plus goûteuses, en vérité.

Sur la petite route qui menait à la gare, comme je m'attardais avec une émotion grandissante sur l'ourlet de son oreille et le duvet sur sa nuque, elle a légèrement tourné la tête vers moi, sans quitter la route des yeux. Depuis que je la connais, je n'ai jamais cessé d'être amoureux fou d'elle, et je crois bien que ça s'aggrave, comme toute affection de très longue durée. J'ai posé ma main à sa place dédiée, au milieu de sa cuisse mince. C'est un geste qui me rassure, qui me fait me sentir vivant. Elle a souri, en posant sa main sur la mienne.

Nous n'avons pas parlé pendant tout le trajet. Avec elle, ne rien dire n'est jamais un effort. C'est le privilège des gens qui s'aiment, ne pas être obligés de meubler les temps morts comme une pièce trop grande dans laquelle on a froid.

Quand on s'aime, se taire est une connivence.

J'ai embrassé ma chère et tendre sur le quai de la gare. Je lui ai dit que je lui enverrais un message le lendemain matin, quand je serais arrivé. Elle m'a répondu que j'avais intérêt, d'autant plus que ce serait son anniversaire, et que si je l'oubliais encore une fois elle se verrait contrainte de me quitter. Je ne l'en crois pas vraiment capable, mais méfiance, on ne sait jamais. Elle a ajouté :

— Prends soin de toi, d'accord ?

Puis elle m'a quitté en me jurant de me donner des nouvelles très vite, ce qu'elle a fait sur le parking même, à peine assise dans la voiture, par SMS pruniforme *(bisoudoumonamouramoi)*.

Prune n'aime pas téléphoner. Parler oui, mais en face-à-face, pas par ondes interposées. Les Skype, FaceTime, et autres ersatz d'existence la glacent. Il ne lui faut pas seulement le regard des gens, mais leur présence tout entière, chaleur, odeur, relief, couleur. Quand elle est loin de l'interlocuteur, sauf urgence pressée, le SMS devient son seul mode de communication, à l'exclusion assumée de tout autre, car le mail, désolée, pas le temps, c'est trop long. Mais elle ne ponctue pas, elle ne met pas d'accents, pas d'espaces, elle trouve que respirer est une perte de temps. Elle écrit comme elle vit, et sûrement comme elle pense.

Les premières fois que j'ai reçu ses textos d'amoureuse, cette bouillie de lettres agglutinées entre elles, j'ai pris peur. Est-ce qu'elle était barrée, cette fille, ou simplement je-m'en-foutiste, à me bazarder comme ça ses jetaime et le reste, sans se préoccuper de la présentation ? Je lui ai posé carrément la question, devant un mojito pas encore à la mode. Elle m'a regardé gravement, sans répondre, et j'ai craint le carton rouge.

Enfin elle m'a souri, elle a dit :

— Je t'écris comme je t'aime, sans reprendre mon souffle. Tu n'as qu'à faire pareil, lis-moi les yeux fermés.

Venant d'une gamine de douze ans, j'aurais trouvé ça romantique et guimauve. Plutôt mimi, assez touchant. Mais Prune avait trente-quatre ans. Elle était juste folle à lier. Il fallait que je me sauve, et vite. *Mayday ! Mayday ! Mayday !*

Seulement, c'était trop tard.

Prune m'avait déjà mis tout entier – y compris mes crayons et ma planche à dessin – dans sa petite poche, et dans son beau regard.

Comment ne pas aimer les trains, quand on est inventeur d'histoires ? L'univers ferroviaire est une mine à la veine généreuse, on peut piocher autant qu'on veut, on y trouvera toujours des pépites à glaner. Des halls de gares aux guichets en passant par les contrôleurs, cheminots, vendeurs de mauvais sandwiches, sdf, dealers, voyageurs, et tous les vieux clichés que je peux enfiler sur mon collier de perles, il y a là matière à l'œuvre d'une vie.

Hélas, j'avais oublié mon carnet, mes crayons. Le voyage serait interminable. Je n'aurais plus qu'à m'imaginer dans une vieille loco crachotant son panache d'un blanc immaculé dans un ciel bleu de Schtroumpf, sur fond de boogie-woogie. « Honky Tonk Train Blues », par exemple, ce vieil air que j'adore et qui a été écrit tout exprès, paraît-il, pour imiter le bruit du piston, des bielles, et des roues sur les rails.

Je pourrais me laisser bercer, m'inventer des Tchou-Tchou en syncopes rythmiques, comme le font encore aujourd'hui les minots dans les cours de récré, pour imiter le bruit du train qui roule, même si ce bruit-là n'existe plus depuis l'enfance de leurs grands-parents.

Mais ce jour-là, mon petit train personnel – qui m'amène assez loin, et vite, d'habitude – se réduisait à un pauvre circuit, un jouet pour gamin, juste bon à tourner en rond. Mes pensées revenaient de Laurent à Laurent. L'ancien relais de poste, nos maisons mitoyennes, mes premiers crayonnés du vieux Jim Oregon, ce beau personnage de cow-boy solitaire, légèrement poivrot – ce qui était bien le moins –, qui avait pris forme au fur et à mesure que l'amitié se tissait entre nous. L'arrivée de Lolie dans la vie de Laurent, et Prune déboulant un beau jour dans la mienne, pour ouvrir les rideaux et me traîner dehors voir comme la vie est belle, même sans gomme ni crayon.

Prune est la plus belle chose qui me soit arrivée.

Je ne suis pas certain d'avoir déjà pensé à le lui dire et, si je le faisais, je l'entends déjà grommeler qu'elle est un être humain de sexe féminin, pas une « chose », un objet dégoté dans un vide-grenier. Ce même genre d'endroit où je l'ai rencontrée.

J'avais accompagné Laurent dans sa tournée des brocantes de printemps, car il était toujours à la recherche de vieux outils de menuisier, une manie de collectionneur.

Le stand de Prune était visible de loin. C'était un campement nomade aux frontières délimitées par des fanions semblables à des drapeaux de prière tibétains, et matérialisées au sol par des tapis multicolores et passablement élimés.

Là, étalé, un bric-à-brac de trucs et de bidules, impossibles à identifier, dont le seul point commun était d'être anciens, et tous repeints de couleurs vives.

— Viens, avait dit Laurent, je vais te la présenter. Elle est marrante, tu verras.

Ce qui, venant de lui, était un compliment de la plus haute volée.

Prune avait hérissé toutes ces petites merdouilles d'étiquettes alléchantes et de Post-it en arc-en-ciel, qui hurlaient leurs slogans en lettres majuscules.

BROQUELON MÉDIÉVAL. UNIQUE !

FARLOIR À FARELER. EXCEPTIONNEL !

PROMO DU JOUR : POUR TOUT ACHAT
D'UNE PASSERAILLE À CRÉMENCE,
UN CLOQUEBROC DE VOYAGE OFFERT !

Il y avait foule. Derrière son étal, Prune faisait l'article. Pas un seul des noms écrits sur les panneaux n'avait jamais vu le jour dans aucun dictionnaire. C'était cela, justement, qui faisait son succès. Prune avait un bagout de vendeur à la sauvette, la poésie en plus.

Elle négociait du rêve et du rien pour pas cher, et ça marchait très bien. Les gens applaudissaient, ils se laissaient séduire et repartaient en riant, avec une parpelière à joint multitorique ou une caleuse à barreponts, pour deux ou trois euros l'affaire exceptionnelle.

Laurent lui a fait la bise, il nous a présentés.

— Prune, Merlin.

Elle m'a fait un sourire à 180 degrés.

Elle avait les dents du bonheur. J'ai toujours trouvé ça très moche.

— Merlin ? Comme l'enchanteur ?

— Hélas.

— Prouve-le-moi.

J'ai sorti un carnet de ma poche et je l'ai croquée en trois minutes.

Prune, en princesse gothique, assise sur une poubelle en tôle renversée, tout son petit foutoir transformé en trésor, pierres d'or et bijoux précieux, gardé par un dragon ressemblant à Laurent. En moins maigre et plus écailleux.

Elle a pris le temps de contempler mon œuvre, puis elle est allée farfouiller dans une caisse en plastique, en a sorti un moulin à café ancien, un vieux Peugeot à manivelle, dont le tiroir était manquant. Il était peint d'un beau prune profond parsemé de pois rouges.

Prune me l'a tendu, en me disant :

— Cadeau !

Puis elle a ajouté, pour le cas improbable où je ne l'aurais pas su :

— C'est un mortissoir à brinches.

Et, avec son sourire à courants d'air :

— D'époque.

Je me suis abstenu de demander laquelle.

— J'avais reconnu, j'ai dit.

J'ai parfois du génie. J'ai vu l'œil de Prune scintiller. J'ai ajouté :

— Ma grand-mère avait presque le même. En même temps, celui-ci me paraît plus ancien. Et il est différent, au niveau de la goupille à chelettes.

Elle a hoché la tête, comme si ce que j'avais dit avait le moindre sens. Elle a conclu, pour achever de me convaincre de la rareté du cadeau :

— Ça, c'est un authentique mortissoir angevin.

— Ah ben, voilà ! C'est pour ça ! Le sien venait du Quercy.

Prune m'a regardé d'un air apprivoisé.

Je me sentais content, même si je ne savais pas très bien pourquoi. En même temps, quand on vient de vous offrir un mortissoir à brinches, être content, ça va de soi.

Après un court trajet dans un TER vide au chauffage récalcitrant, puis cinquante-cinq minutes plombantes – en comptant le retard gracieusement offert par la SNCF – dans un hall de gare désert, j'ai enfin vu mon second train arriver, avec soulagement.

Pendant mon attente j'avais calculé que pour traverser la France il me faudrait autant de temps que pour aller à Madagascar où, cela tombait bien, je n'avais rien à faire.

J'ai hérité d'une voisine énervée, une grosse jeune femme au rouge à lèvres hémorragique et à l'organe puissant, qui avait visiblement décidé de quitter son compagnon par téléphone, et de nous faire profiter pendant tout le voyage de ses tonitruants *Pauvre con, enfoiré, je t'emmerde, t'entends ?*

Nous vivons une époque de grande poésie.

Le train étant bondé, je n'aurai plus qu'à cultiver l'art délicat de la patience.

Dans cette nuit pluvieuse comme une pub pour les îles d'Aran, j'ai regardé défiler les gares de province aux éclairages moroses, bercé par la voix mélodieuse de l'odieuse pétasse, qui agonissait son mec d'insultes, lui raccrochait au nez, puis appelait une copine pour lui narrer par le menu les épisodes du feuilleton entre deux coupures de réseau, avant de revenir à la charge sur son ex, dont nous savions maintenant qu'il baisait « comme un clown », ce qui laissait le champ libre à d'audacieux fantasmes.

Craignant la surdité, j'ai fini par lui demander le plus civilement du monde de baisser quelque peu le son. Les occupants des sièges voisins me regardaient comme le messie, oscillant de la tête en chœur, tel un congrès de métronomes, pour me manifester d'un même mouvement leur exaspération muette et leur soutien total, bien que très réservé.

La fille a posé sur moi un regard habité par un immense vide et elle m'a répliqué en 110 décibels *qu'on vivait en communauté, fallait pas être* ***intolérant !***

Puis, m'ayant dit dans la même phrase les deux seuls mots de quatre syllabes qu'elle avait réussi à retenir, elle m'a chassé d'un revers de la main, sans plus me regarder, comme une mouche importune.

Laurent appelait ces gens-là des pulpites, en référence aux rages de dents dont il avait souffert jadis, qui représentaient pour lui l'excellence du pire.

La pulpite a quitté le train à Toulouse-Matabiau.

Je l'ai vue s'éloigner dans la foule, hurlant comme un alouate dans son téléphone rose, bousculant les passants sans même les regarder, insupportable de bêtise.

Je lui ai promis une place d'honneur au *Farting Louse*, le bordel miteux du docteur Archibald Rotter, à la sortie de Morons'Lair – *cf.* Wild Oregon, vol. III, VII, XI, ainsi que le XIII à paraître.

Je me suis demandé si la pauvre créature n'allait pas se retrouver affligée d'une bonne syphilis de derrière les fagots. Ô drame, Ô tragédie !…

J'ai décidé que si.

Et de la gratifier d'une colonie de morpions, pour faire bonne mesure.

Une grosse prostituée à la bouche tartinée
de rouge et à l'eye-liner dévasté attend le client
en se grattant furieusement, devant la façade
pouilleuse du Farting Louse
Un chacal squelettique se gratte à côté d'elle.

Soudain, elle m'aperçoit, me fait un bras d'honneur…

… Je me marre.

J'aime de plus en plus ce métier, qui me donne l'occasion de me venger des nuisibles avec un raffinement détestable, sans qu'ils le sachent, ni en souffrent, ce qui me garantit auprès des tribunaux une totale impunité.

Un de mes anciens facteurs avait ainsi pour habitude de me laisser des avis dans la boîte, au lieu de prendre la peine de sonner au portail, lorsque je recevais un colis – alors qu'il savait parfaitement que je travaillais chez moi, car je le lui avais dit, et à plusieurs reprises.

Ce faisant, il m'obligeait à aller à la poste environ une fois par semaine, pour y perdre temps et patience dans la longue queue des victimes piétinant devant le guichet.

Sans le savoir, ce préposé s'est retrouvé successivement recouvert de goudron et de plumes, enterré jusqu'au cou dans une fourmilière, emprisonné à Backwater, roué de coups dans un tripot, et pendu par les pieds à un cactus, son crâne chauve posé sur une grille à barbecue.

Je l'ai définitivement transformé en cul-de-jatte dans une caisse à roulettes le jour où il a démarré sous mes yeux après m'avoir laissé un énième avis, alors que je sortais de chez moi, en trombe et caleçon, en bramant « Je suis làààà ! ».

Une fois la folle débarquée, je me suis senti soulagé d'un grand poids. Le silence est retombé, plus douillet qu'un manteau précieux, un édredon léger sous lequel enfouir sa tête.

Il y a ainsi des importuns dont l'agitation hystérique gâche irrémédiablement ma qualité de vie. Prune dirait que je suis un sauvage, qu'une existence d'ermite serait encore trop animée pour moi. Elle exagère, mais il est vrai que le calme m'est nécessaire autant que l'air et la lumière. Je ne crois pas être seul dans ce cas, il n'y a qu'à voir le nombre toujours plus grand de drames provoqués par un voisin braillard et irrespectueux.

Les gens bruyants sont comme ces fumeurs sans gêne qui viennent vous souffler leur tabac aux narines. Ce sont des pollueurs qui nuisent sans scrupules à l'environnement.

Pendant les heures suivantes, dans le calme enfin revenu, j'ai somnolé, un peu. J'ai pensé à Laurent, surtout. J'ai essayé de convoquer les moindres souvenirs, de prendre la mesure de la perte infinie. Pas une larme, pas une.

Je me sentais aussi froid qu'un poisson de la veille, et tout autant dénué d'émotion.

C'était un leurre, et je le savais. Que je le veuille ou pas, il faudrait que je pleure. Le chagrin se planquait, m'attendait au tournant, je n'en ferais pas l'économie. Vouloir l'escamoter, c'était le meilleur moyen de l'enraciner plus profond et plus loin.

Inutile de faire mon malin.

On n'enterre pas plus la douleur dans son âme qu'une taupe dans son jardin.

Genaro et Lolie m'attendaient sur le quai, serrés l'un contre l'autre, l'air pas bien réveillés. Il n'est pas dans leurs habitudes de sortir du lit avant sept heures, au moins. Après des embrassades, des « Comme tu as grandi ! » et autres pauvres blagues, on est allés prendre un jus à l'Etna, cet antique troquet de l'ère prénumérique, dans lequel nous avions gaspillé notre temps bien souvent, mon pote Genaro et moi.

— Ça a changé de propriétaire. Tu vas voir, ils ont tout refait, c'est pourri, maintenant ! a dit Genaro en poussant la porte.

Dès qu'on est entrés dans la salle, j'ai tout de suite compris ce qu'il avait voulu dire. Le lieu avait changé, indéniablement.

Fini les nappes à carreaux, les coupes et les médailles de championnat de foot astiquées au Miror au-dessus du comptoir, les photos de vedettes conchiées par les mouches, et le distributeur de cacahuètes rances d'un beau rouge écaillé, qui trônait sur le zinc. Tout était relooké avec un goût de chiottes qui devait s'accorder avec le menu du jour. Les murs étaient laqués en marron et en vert. De grands écrans de télé placés un peu partout passaient du sport en boucle, sur un fond obstiné de musique de merde. Les vieux néons cyclothymiques qui jadis palpitaient faiblement au plafond avaient été changés pour d'infâmes lampes « lounge » qui donnaient aux clients un teint frais de cadavre. Les tables de bistrot, les chaises dépareillées, les cendriers Ricard en beau plastique jaune au fond pyrogravé par une vie de mégots, ce côté salle des ventes qu'on aimait, autrefois, terminé. Envolé. Tout était propre et neuf, néo-américain, inepte et malcommode. Les fesses débordant de petits tabourets hauts comme des échasses, deux routiers dépressifs sirotaient leur café en suivant sans passion de l'ultimate fighting. La patronne grincheuse qui portait son torchon comme une fourragère et sentait fort le bouc avait quitté l'endroit, remplacée par une jeune serveuse bien plus décorative et plus aseptisée, une mignonne brunette avec un air sympa et de beaux arguments.

On est allés s'asseoir au fond, à notre ancienne place, le plus loin possible des haut-parleurs, pour manger un croissant graisseux trempé dans un café qui frisait l'imposture.

— Ça fait combien de temps qu'on n'est pas venus ici ensemble ? j'ai dit.

— Houlà ! Je dirais… dix ans ? a répondu Genaro.

On a marqué d'une pause songeuse cette constatation sans surprise majeure : les années passent, et vite. Genaro regardait par la fenêtre, d'un air vaguement abattu. Il m'a montré d'un geste la zone d'activité, ses marchands de literie, de télés, de Mac Daube.

Il a soupiré lourdement.

— C'est de plus en plus moche, par ici, tu trouves pas ?

— C'est comme partout, j'ai dit.

— C'est pas ça qui me console.

On a bu deux cafés et mangé trois croissants. On a parlé de Laurent, bien sûr. De cette mort inattendue qu'on lui enviait presque, dont on osait se réjouir, parce que, tant qu'à partir, autant le faire en un soupir.

Genaro avait remplacé Laurent dans le cœur de Lolie, quelque temps après leur séparation, mais il avait accompli l'exploit de s'en faire un ami. Il était aussi affecté que nous.

La profondeur des amitiés ne se juge pas toujours à leur ancienneté.

Ensuite, nous sommes allés pèleriner devant le stade de foot, notre station préférée dans ce chemin de croix qu'était la vie ici, petit bled morne et mou dans lequel nos quinze ans avaient paru un long et pénible calvaire. Nous sommes restés là, devant le gazon mité, les bandes blanches mangées par la récente pluie et les buts désertés par les bandes de jeunes qui vivent désormais rivés à leurs consoles, les yeux rouges, le dos rond, et les deux pouces plats.

Ensemble, comme au bon vieux temps, ce temps dans lequel Lolie n'existait pas encore dans nos vies de branleurs, mais où Genaro et moi formions déjà une belle doublette, puisque nous sommes copains depuis la maternelle.

On s'est entassés tous les trois bien serrés sur la banquette arrière du taxi de Lolie, à boire des gueuzes tièdes. On avait rendez-vous à dix heures précises, pour enterrer la vie de vieux garçon de Laurent. Ça laissait plus de temps qu'on n'avait de courage.

Dehors ça caillait ferme et on se tenait chaud avec pour bande-son les plus belles musiques de nos années de rêve, à écouter tranquilles en tétant au goulot.

On n'a pas prononcé dix mots.

Aucun d'eux n'était nécessaire.

Bon Anniversaire, ma puce !

mercimondoudou… çavatoi

Ça va bien, mon cœur. Je suis avec Lolie et Genaro. On est dans le taxi, devant le stade, et on picole un whisky dégueulasse à la mémoire de Laurent. J'espère que, de là où il est, il n'a pas pu déchiffrer l'étiquette, sinon je crains les représailles. Ton piano est bien arrivé ?

ouiiiiiiiii

Et alors ?

magnifique… mercimondoudou

De rien ma puce. Bombala est là ?

nooooon…

Qu'est-ce que tu as fait, ce matin ?

peinturebleue… planchersdb

Tu repeins le plancher de la salle de bains en bleu ? Tu es sûre ? On ne devrait pas attendre de savoir si Bombala a de la plomberie à faire, avant ?

si… zut… troptard

Je t'aime quand même, ma princesse. Tu as une bise de Lolie et de Genaro, ils te souhaitent bon anniversaire

bisoubisou
Sois sage. Ne parle pas aux inconnus
jetaime
Tu as intérêt

Prune en train de ramer à coups de pinceaux dans la salle de bains, à califourchon sur un pot de peinture, au beau milieu d'une mer déchaînée.

Vers dix heures moins le quart, Lolie a posé sa tête sur l'épaule de Genaro. Elle a fermé les yeux, câline, elle a miaulé doucement :

— On devrait peut-être y aller, 'croyez pas, les garçons ?

Puis, plus fort, sans ouvrir les yeux :

— Je crois que je suis un peu saoule.

Moi, je me sentais cuit comme une pomme au four. La gueuze lambic dès le matin, ça demande un entraînement que je n'ai jamais eu. Lolie et Genaro non plus. Mais comment laisser partir un ami aussi cher sans tenter de lui rendre ce bien modeste hommage, lui qui avait bu toute sa vie avec une belle constance, sans jamais rechigner à l'ouvrage ? Pour faire bonne mesure, ainsi que je l'avais dit à Prune, nous avions terminé sur un whisky corrosif rapporté de Russie par un copain de Genaro. On avait dû le fabriquer avec de l'alcool de bois et des restes de colle, il faisait au moins soixante degrés, largement fournis en méthanol.

— Tu ne voudrais pas conduire, Genaro, s'il te plaît ? a gémi Lolie faiblement.

Genaro est un garçon serviable. On pourrait lui demander de marcher sur la tête, ça ne lui semblerait pas exagéré. Toujours aimable et souriant, jamais avare de son temps. Un gentil de la pire espèce, de celle qu'adorent mépriser les méchants.

Il a pris le volant, il s'est retourné vers moi, il a levé un sourcil en question subsidiaire.

Il m'a demandé, en bonne mère poule :

— Ça va aller ? T'en es sûr ?

— Mais oui !

Il a hoché la tête, moyennement convaincu.

— Puisque je te le dis ! j'ai fait, en beurrant mes consonnes.

Nous nous sommes garés à côté du marché – superbes halles du XIIIe siècle, charpente magnifique et pierres vénérables, vieilles dalles fissurées et polies par l'usure…

Je connais ça par cœur. J'ai joué les juke-box pour l'office du tourisme, pendant quelques étés, quand j'étais étudiant. On me glissait une pièce dans la main et, sans faillir d'une virgule, je débitais l'historique, trois nefs de cinq travées, une abside hémicirculaire, *admirez au-dessus de vos têtes ce petit bas-relief en haut du pilier d'angle. Oui, madame, c'est un diable en rut, juché sur le dos d'un évêque. Notez qu'il fait face au portail de l'église, également orné de scènes fantastiques qui représentent des animaux et des êtres humains dans des postures insolites ou obscènes.*

Nous avons traversé la place, nouvellement affligée d'une monstrueuse statue de géante callipyge aux yeux exorbités, la tête prisonnière d'une immense épuisette. *L'épuisée*, avait titré l'artiste, qui parlait sûrement de son inspiration.

Devant nous, dans toute sa splendeur – *remarquez le carré du transept et sa coupole sur trompe* –, la basilique Saint-Chrone qui était, je ne sais pourquoi, le lieu du rendez-vous.

Tante Foune se tenait en haut des marches, déguisée en veuve sicilienne, impassible, voiles au vent, au bras de l'Oncle Albert, de plus en plus branlant.

Derrière eux, les rares invités à la petite fête, regroupés sous le porche comme un troupeau craintif, pour tenter d'échapper aux tourbillons glacés qui les cinglaient de poussière.

— Bon, allez, on y est, on y va ! Ce n'est qu'un mauvais moment à passer ! a dit Lolie, comme s'il s'agissait d'une vaccination.

Elle m'a pris fermement par le coude, pour m'aider à avancer droit. Je me suis appuyé sur elle comme un mur à son arc-boutant, et je me suis bricolé un semblant de contenance, le dos tétanisé, la mine de circonstance, l'air un peu expressif, les deux yeux regroupés sur le même objectif.

En nous apercevant, Oncle Albert a ouvert grand les bras, ce qui lui a fourni le bon prétexte pour pouvoir lâcher Tante Foune, puis il est descendu en prenant tous les risques, car sa prothèse se déboîte et sa vue ne s'arrange pas.

Il m'a serré longuement contre lui.

— Quelle tristesse, quelle tristesse… Un homme encore si jeune, dans la force de l'âge…

L'Oncle Albert considère tous ceux qui ont vingt ans de moins que lui comme des gamins.

— Son départ a été si brutal… a continué Albert.

— Au moins, il n'aura pas souffert, j'ai dit.

J'essayais de me raccrocher à ce genre de phrases entendues mille fois, petite philosophie de comptoir au rabais faite pour rassurer les vivants morts de trouille, *« Il n'a pas eu le temps de se voir partir. Là où il est, il ne souffre plus... »* et autres assertions que rien ne vient démontrer... Mais qu'est-ce qu'on en savait, nous autres, les vivants ?

Toi, mon pote, qui avais enfin la clé du grand mystère, tu aurais pu faire l'effort de me souffler à l'oreille à quoi ça ressemblait, la vie après la mort, ou ce qui en tenait lieu.

À supposer qu'il y ait quelque chose à en dire, que tu ne sois pas seulement en train de t'emmerder dans un grand hall désert ou une salle d'attente vide, tout en guettant le moment où une voix d'outre-tombe nasillerait enfin ton numéro d'appel, dans le vieux haut-parleur accroché au plafond.

Le 79 415 873 097 est attendu bureau des admissions, douzième étage, porte 7.

J'ai machinalement palpé les poches de mon blouson, par réflexe. J'ai regretté de ne rien avoir sur moi, pour dessiner la scène. Ni Paradis, ni Purgatoire. Ni même Enfer, pour se réchauffer un peu autour d'un brasero. Non...

... Un bâtiment gris de style soviétique,
monumental et froid.
Des chaises vides, des fenêtres opaques.
Du carrelage au sol, comme dans les boucheries.
Des murs couleur de pisse ou de goulash vomi,
des plafonds à cinq mètres et de vieilles affiches

avec un Dieu le Père fringué en Oncle Sam,
I want YOU for Heaven army.

Un chauffage poussif, dans les quinze degrés. Un silence de mort. Et toi, mon vieux Laurent…

… Mal rasé, mal coiffé, pantoufles éculées,
veste de pyjama flottant sur ta carcasse maigre,
pantalon avachi, lunettes de travers,
salement déconfit d'être assis sans rien faire
depuis vendredi soir sur le coup de vingt heures
– heure de ton décès – tes belles
mains croisées sur tes genoux osseux,
ton pied gauche battant faiblement la mesure.

Toi, fraîchement accueilli lors de ton arrivée par une secrétaire au visage revêche, qui aurait noté ton nom dans un registre énorme et t'aurait refilé un petit papier bleu, aux chiffres un peu baveux, en lâchant d'un ton aigre, et sans te regarder :

— Allez en salle d'attente, on vous appellera.

Le 79415873 ***098*** *est attendu bureau des admissions, douzième ét…*

— Quelle tristesse ! a redit l'Oncle Albert, là-bas, dans le lointain.

Je t'ai vu consulter ton numéro d'appel, hésiter, te lever avec difficulté, déjà tout froid, tout blanc, et raide aux entournures, et puis te diriger vers la porte du fond qui venait de s'ouvrir sur un néant glacé. J'ai répété sans y penser :

— Quelle tristesse, oui…

Et tu as disparu dans une brume épaisse. Albert me regardait, l'œil humide. Il semblait attendre une réponse, je ne savais pas à quelle question.

— Au fait, j'ai dit (sans rapport évident), pourquoi ce rendez-vous devant la basilique ? Le convoi part d'ici, pour le crématorium ?

Albert a toussoté :

— Oui, heu, enfin… bon… Eh bien… Voyons… Qu'est-ce que je voulais dire…

Il a calé.

Je lui ai tapoté l'épaule. Il a repris son élan, a terminé sa phrase de façon chaotique.

— Oui, donc, alors, en fait… Je ne sais pas si j'ai pensé à te le dire… Tante a choisi de prendre quelques… dispositions.

— Des *dispositions* ? À propos de quoi ?

— À propos de la cérémonie…

Je le sentais gêné, et je savais déjà qu'il y aurait de quoi. J'ai soupiré :

— Vas-y.

Il a fixé le bout de ses chaussures.

— Tante n'a pas retenu l'option crémation, finalement. Elle…

— … Comment ça, « l'option crémation » ? Ce n'était pas une *option*. Laurent était très clair !

— Ne te fâche pas. Tante est allée chez lui avec Mathias, ils ont cherché partout, ils n'ont pas trouvé d'instructions.

Mathias. Ce cher Mathias. Ce cafard prétentieux et stupide. Le neveu de Tante Foune, son *âne* damné, comme disait Laurent.

— Ils n'ont trouvé qu'une enveloppe, qui contenait à peine de quoi payer les frais d'inhumation, a ajouté Albert, d'une voix désolée. Ah, je vois bien que j'aurais mieux fait de me charger de la cérémonie moi-même. Et de te téléphoner avant. Parce qu'effectivement, maintenant que tu me le dis, je crois me souvenir l'avoir entendu dire qu'il aurait souhaité être incinéré…

Il a jeté un regard furtif en direction de Tante Foune.

— Seulement, tu *la* connais… Et tu sais bien comment je suis…

Lâche et bien élevé, la recette du malheur.

— Bon, écoute, j'ai dit, il est trop tard pour changer quoi que ce soit, maintenant.

Puis, réalisant que nous étions devant la basilique, et saisi d'un doute, j'ai demandé :

— Je suppose qu'au moins, il n'y a pas de messe ?

— Eh bien… Elle… Elle a pensé que ce serait mieux…

Il fallait en finir.

J'ai mis la Tante en joue, je l'ai calée sur ma ligne de mire, j'ai retenu mon souffle.

— Si je comprends bien, j'ai dit, les dents serrées, très calme et concentré, sans lâcher un instant ma cible du regard, Laurent – qui voulait être incinéré et dispersé dans sa rivière, et qui était athée depuis toujours – va se retrouver enterré dans un cimetière catholique, avec la bénédiction d'un prêtre ? C'est bien ce que tu essaies de me dire ?

— Oui, bon, eh bien… Dans les grandes lignes…

J'ai pressé l'index sur la détente, à peine.

— Je sens que tu es contrarié, a dit Albert, au loin.

Là-bas, sur le parvis, déjà déchiquetée
par mon tir implacable, Tante Foune tombait au ralenti,
l'Agnus Dei de Barber en fond sonore, fragments de chair,
giclées de sang, hurlements silencieux des témoins de la
scène.

— … fait parfois preuve d'initiative… continuait Albert, à peine audible dans le miaulement aigu des balles meurtrières filtré par mon casque antibruit.

Tante Foune avait roulé jusqu'au pied de l'escalier,
rebondissant lentement d'une marche sur l'autre.
À présent, le bras tendu dans une vaine supplication,
elle rampait vers nous, bas filés aux genoux,
un œil hors de l'orbite, la joue déchiquetée,
la voilette en désordre.

J'ai abrégé ses dernières souffrances d'un tir précis en plein os pariétal, juste avant l'envolée des chœurs, dans un Alléluia de Haendel magistral.

Sur la place, Lolie et Genaro se consolaient dans les bras l'un de l'autre, appuyés sans aucun respect contre les fesses rebondies de l'œuvre dite culturelle.

La gueuze lambic tiède et le whisky de bois assourdissaient un peu le monde autour de moi. Albert me regardait, l'air confus, mal à l'aise. Je l'ai serré doucement dans mes bras, je lui ai tapoté le dos pour lui faire comprendre que je ne lui en voulais pas. J'ai senti son soupir soulagé. Laurent l'aurait consolé aussi, à sa manière, avec son petit sourire en coin. Je croyais entendre sa voix moqueuse, un peu traînante :

— Qu'est-ce que tu veux, Tonton, le pire n'est jamais sûr… sauf avec Tante Foune.

Tout en tenant la jambe à quelques invités, ladite Tante nous jetait des coups d'œil agacés, depuis notre arrivée. Vue d'ici, par un étrange effet de perspective, elle semblait avoir pour auréole la ribambelle de saints sculptés en haut-relief sur le pourtour du porche, escortés de gargouilles aux tronches innommables qui mettaient en valeur son charme reptilien.

Dès qu'elle nous regardait, elle rentrait le menton à l'abri de son goitre, plissait sa bouche amère, les bajoues offusquées et le nez sourcilleux.

Depuis qu'elle nous connaît, elle a pour Genaro, Lolie, et surtout moi, un amour modéré. Nous le lui rendons bien, fourbes parmi les fourbes, souriants et polis presque jusqu'à l'insulte, jamais pris en défaut. C'est la seconde femme d'Albert, plus jeune que lui d'une bonne dizaine d'années, ce qui ne fait plus grande différence, vu leur âge canonique.

Albert était l'oncle de Laurent. Mais Genaro, Prune et moi, nous nous le sommes approprié à peine nous l'avons connu. C'est un homme charmant. Maintenant que Laurent n'était plus là, ce serait notre oncle par héritage. Pour Tante Foune, par contre, pas besoin de concertation, nous refuserions la succession. Elle est avare, mesquine, intéressée, et pour tout arranger c'est une langue de vipère. Mis à part le reflet qu'elle voit dans son miroir, nul ne trouve jamais la moindre grâce à ses yeux. Pour elle l'univers est peuplé de pervers, de traînées et de traîtres.

Mais comme dit Genaro, ce chantre de la grâce et de la délicatesse :

— Quand on a de la merde dans les yeux, on se croit entouré d'étrons.

La camionnette du fleuriste est venue se garer en catastrophe à côté du grand portail ouest.

— Elle n'a pas prévu de fleurs, au moins ? j'ai dit.

Oncle Albert a écarté les bras, en signe d'impuissance.

Puis, baissant la voix d'un ton, comme si la Tante pouvait nous entendre à distance :

— C'est peut-être indélicat, ce que je vais te dire, mais je me demande si Tante n'a pas pris plaisir à organiser cette cérémonie à sa façon, précisément. Elle s'est donné beaucoup de mal, en tout cas. C'est une femme étonnamment active, pour son âge…

— Elle t'emmerde, c'est ça ?

Il a hoché la tête, imperceptiblement, a murmuré « Un peu ». Puis il a ajouté :

— … D'ailleurs, à ce propos, si cela ne t'ennuie pas, je pensais avoir un malaise.

— Aucun souci, j'ai dit. Gaffe à ta hanche, OK ?

Albert a compté à voix basse, *Un-deux-trois !* puis s'est laissé aller dans un long glissement, le nez ripant tout le long de ma veste, retenu par mes bras puissants.

En le voyant s'effondrer, Tante Foune a poussé un couinement tragique, les autres ont amorcé un mouvement tournant.

— Ce n'est rien ! j'ai crié. C'est l'émotion. On va aller le faire asseoir au chaud dans la voiture.

Oncle Albert m'a fait un clin d'œil :

— Tu seras sur mon testament.

— Tu es plus fauché que moi. Assez de promesses vaines.

Genaro a pris l'Oncle sous une aisselle, moi sous l'autre, et on l'a soutenu jusqu'à la 2CV. Il traînait mollement la patte, comme un chevreuil tiré à bout portant. S'il avait pu, il aurait laissé derrière lui une traînée de sang, car il a le sens du spectacle.

L'Oncle Albert pratique depuis longtemps le malaise vagal pour se tirer d'affaire, quand Tante Foune l'insupporte. Il souffre d'hypotension diplomatique. C'est bénin, mais c'est récurrent.

On l'a installé à l'avant, en négociant soigneusement les étapes : plier les genoux, rentrer la tête, faire coïncider le dossier et le dos sans casser le matériel, tout bien, comme des pros.

À quatre-vingt-treize ans, on est en porcelaine.

Lolie l'a bordé avec soin sous le plaid écossais qui ne quitte jamais le coffre de son taxi. Elle est toujours très maternelle avec les personnes âgées.

Une fois assis au chaud, l'Oncle Albert s'est mis à renifler à petits coups fureteurs. Puis il a chuchoté, sans plus de précisions :

— Vous en resterait-il ?

— Une goutte, a dit Lolie, qui connaît bien son monde.

— Une goutte porte en elle la promesse d'un fleuve ! a répondu Albert. Une goutte suffira pour me revigorer, si ce n'est pas trop abuser.

Lolie a farfouillé sous la banquette, elle en a extrait la bouteille de whisky, puis elle a rempli le bouchon elle-même, car l'Oncle Albert sucre les fraises, et pas seulement quand il fait froid.

Elle a repris une lichée, elle m'en a proposé, j'ai décliné l'offre. Sa gnôle de contrebande m'avait tourné la tête, d'autant plus efficacement que je n'avais presque pas mangé depuis quarante-huit heures, depuis que j'avais appris ton décès, avec l'étonnement et le chagrin que tu sais.

Albert a étendu ses jambes, il a remonté la couverture, il a tendu de nouveau le bouchon à Lolie, l'air de rien. Lolie a secoué la tête, en disant qu'il fallait se montrer raisonnable.

— Raisonnable ? Pourquoi donc ? a protesté Albert.

Lolie a haussé les épaules, pas douée pour la rhétorique.

— Pourquoi devrais-je me montrer *raisonnable*, à mon âge ? a insisté Albert, indigné.

Il a montré le portail de l'église, le corbillard garé devant.

— Avez-vous constaté où tout cela nous mène ?

En ce qui le concernait, ça l'y menait lentement.

J'ai rempli de nouveau le bouchon, je le lui ai tendu sans rien dire, il l'a saisi dans sa serre de rapace. Passé un certain âge, il n'y a plus que de l'os, fragile, qui se casse.

— Tu es mon fils préféré.

— Arrête tes bêtises ! j'ai dit.

— Vous n'avez jamais eu d'enfant, Oncle Albert, vous savez ? a ajouté Lolie, d'une voix douce et un peu hésitante, comme si elle craignait que cette révélation ne lui cause un choc fatal.

Il a hoché la tête.

— C'est bien possible… C'est bien possible… Il n'empêche, si j'avais été affligé d'une progéniture, tu aurais été de loin mon préféré, Merlin, j'en suis sûr et certain. Ne souris pas, je te prie, je sais encore ce que je dis, quoi que tu puisses en…

Fffrrrrr…

L'Oncle Albert s'était endormi.

Lolie s'est mordu les joues pour ne pas éclater de rire.

Genaro avait profité du petit interlude pour aller embrasser Tante Foune. En cet instant précis, il devait être en train de lui présenter ses condoléances les plus *Mon Dieu – mon Dieu !* et les plus affligées, histoire de lui donner du « Tante Foune » après chaque point ou virgule.

On ne le quittait pas de l'œil, en essuyant la buée sur les vitres.

Froid dehors, chaud dedans, moi derrière et Lolie devant. Et Albert dans le coaltar de l'extrême vieillesse.

On a parié, Lolie et moi. Elle a dit huit, j'ai osé douze.

Quelques minutes après, Genaro revenait, les deux pouces levés, le sourire triomphant.

Lolie a baissé la vitre.

— Alors ?

— Alors ? Quatorze ! il a dit.

Lolie a sifflé doucement entre ses dents.

Quatorze, c'était sans doute son record national.

Le grand défi de Genaro, depuis qu'il la connaît, c'est de prononcer le surnom de la femme d'Albert le plus grand nombre de fois possible, lorsqu'il parle avec elle.

Foune par-ci, Foune par-là, chère Foune, très chère Foune…

Il s'est appuyé au montant de la portière, il s'est penché vers nous, sa grosse tête aux cheveux bouclés presque entièrement dans l'habitacle. Il sentait vaguement le parfum de douairière.

— Je suis sûr que j'aurais pu faire mieux, j'étais dans un bon jour, je le sentais, et puis le curé s'est pointé. Dommage !

— T'en as pas marre ? j'ai dit. Depuis le temps…

— Tu déconnes ?! Comment tu veux laisser passer un truç pareil ! « Foune » !

Il l'a redit, plus fort, en le savourant bien, pour le plaisir de s'entendre. « Fou-ne ! »

Albert a sursauté, il a ouvert les yeux, le regard égaré, légèrement anxieux.

Genaro l'a pris à témoin.

— Dites, Oncle Albert, je vous l'ai jamais demandé mais, c'est quoi, le vrai prénom de votre femme ?

— Jacqueline, a balbutié Albert, encore dans le flou.

— Jacqueline ?... Quel rapport avec Foune ? a dit Genaro.

L'Oncle Albert a souri, les yeux perdus au loin, dans un temps révolu. Et dans son sourire, il y avait des étés couleur de vieux albums, des lits aux draps froissés, des soupirs d'amoureux, et une Jacqueline désirable et offerte, plus jeune de cinquante-six ans.

Rien à voir avec ce plumeau rigide et desséché, en grande conversation avec le jeune curé. Deux corbeaux au maigre plumage, malmenés par le vent furieux.

Enfin, le regard entendu, légèrement égrillard, Albert a dit :

— C'est de moi qu'elle tient ce sobriquet, je l'avoue. J'avais trente-sept ans, elle, vingt-six à peine. Je venais de divorcer de ma première épouse, Lucienne. Jacqueline et moi n'étions pas encore mariés, même si nous nous connaissions déjà, hum, *bibliquement*... Ah ! la jeunesse... Toujours est-il qu'un jour, un de nos amis – ou qui se prétendait tel – m'a entendu appeler Jacqueline « Ma petite Foune ». C'était un homme indélicat, il en a fait florès, le surnom est resté...

Il y a eu un silence lourd. Genaro et Lolie avaient tiqué sur « sobriquet », patiné sur « bibliquement », ils venaient de lâcher la rampe avec « il en a fait florès ».

Pour bien comprendre l'Oncle Albert, il faut savoir parler Pléiade couramment.

J'ai traduit :

— Au départ, c'était un petit nom intime, vu que l'Oncle Albert et elle couchaient ensemble. Manque de bol, un de leurs potes l'a entendu appeler la Tante comme ça, il a porté le pet, et le surnom est resté.

— Ah oui, pas cool ! a dit Genaro.

— Mais – a dit Lolie – elle sait ce que ça veut dire, non ?

— Je suis certain que non. Elle a dû trouver ce petit nom charmant, à l'époque. Mais ce genre de mots osés ne faisait pas partie de son vocabulaire. Et je ne vois pas comment il s'y serait immiscé depuis lors, connaissant nos fréquentations.

— Quand même, Oncle Albert, depuis le temps, vous ne croyez pas qu'elle a compris le sens ? a demandé Lolie, moyennement convaincue. On est au XXIe siècle.

— Ah, je ne pense pas, non.

— Si, si, Albert, je vous assure ! On y est même depuis plus de…

— … Non, ma chère Lolita : je ne pense pas que Tante comprenne ce surnom, voilà ce que je voulais dire. Et, croyez-moi, je prie pour que ça dure… Elle m'arracherait les yeux, sinon… a ajouté Albert.

— Ben, en même temps… « Foune » ! a dit Genaro, hilare. Vous ne l'avez pas ratée. Pourquoi pas Chagoune, tant qu'à y être ? Ou je sais pas, moi… Craquette ? Marmotte ? Berlingot ?

— … Friquette, Fouffe, Salle de jeu… a ajouté Lolie, jamais en reste de rien.

— Bonbonnière, Abricot, Minouche… a achevé Albert, en lapant rêveusement le bouchon.

Un ange en jarretière s'enfuyait en silence.
Je n'ai pas jugé utile d'apporter ma contribution.

Greffier
Figue
Bijou
Gazon

disalaurentpourmoi… disluique…

Quoi, mon cœur ?

jesaispas

Ce sera fait, ma douce. Je vais lui dire de notre part à tous les deux tout ce qu'on n'a jamais eu le temps de lui dire avant, et plus encore. C'est promis.

jelaimais… tuluidiras

Il le savait. Ne pleure pas

jenepleurepas…

Je suis sûr que si

oui… si… unpeu

Tu vois ? Je te connais

bisou

Sèche tes larmes. Je t'aime

oui

Tu es avec moi, en ce moment. On est là tous les deux, tu sais ?

oui

Je t'aime

Jetaime

Phoebe pleure, assise toute seule
à une table de son tripot…

Non

Phoebe pleure en dispersant des cendres
dans le canyon de Farewell…

Non

Prune pleure…

Non

Merde.

À dix heures dix-sept nous étions une vingtaine, en comptant le curé, l'Oncle Albert, Tante Foune, quelques-uns de tes amis tellement lointains que je ne me souvenais pas les avoir déjà vus, Lolie et Genaro, les employés des pompes funèbres,

... quelques vautours guettant la carcasse abattue...

plus trois ou quatre vieilles dames – endormies ou peut-être mortes – qui faisaient tapisserie, assises au dernier rang.

En tant que plus proche ami du défunt, l'Oncle Albert a tenu à me présenter au jeune prêtre vacataire, fraîchement diplômé ès communion.

— Mon père, voici Merlin.

— Enchanté, a répondu le prêtre.

Et il est devenu plus rose qu'un radis.

— Ce n'est pas grave, j'ai dit. On me l'a déjà faite.

Puis il nous a placés dans l'ordre, comme tout bon tiercé gagnant : l'Oncle Albert, Tante Foune inondée de patchouli, et moi-même, étouffant peu à peu dans ses nuées toxiques.

Le cercueil était devant l'autel, agrémenté d'un crucifix de belle taille, et entouré de gerbes modèle prétentieux dont la plus imposante, à ma grande surprise, était barrée d'une banderole : *« À notre ami Laurent, l'Amicale Bouliste des Joyeux Pétanqueurs »*.

Le curé a remarqué mon froncement de sourcils, et m'a murmuré à l'oreille :

— Le fleuriste a fait une regrettable erreur, l'ordonnateur des pompes funèbres vient de s'en apercevoir il y a quelques minutes. Il est désolé. Il n'a pas voulu bouleverser la cérémonie mais ne vous en faites pas, les fleurs pour le défunt seront livrées à temps au cimetière. La confusion est venue du prénom, semble-t-il. L'autre monsieur est prévu pour cet après-midi.

Et, en effet, je pouvais constater depuis ma place que ta bière était cernée de couronnes dédiées à un autre Laurent : *« À notre regretté collègue, tous ses amis de la Banque Postale »*, *« À Lolo, le club des Gros Braquets »*, *« À Laurent, sa famille plus ou moins éplorée »*.

— Votre tante n'a rien remarqué, a chuchoté le cureton. J'ai pris sur moi de ne rien lui dire, je n'ai pas voulu risquer de la troubler davantage, elle est déjà tellement affectée…

Affectée autant que pouvait l'être une femme qui avait dû t'adresser la parole dix fois au plus en cinquante ans, sans jamais voir en toi autre chose qu'un « original », terme qui dans sa bouche semblait plus vomitif qu'une cuillère à soupe de sirop d'ipéca.

Mais, pour la galerie, elle manifestait un chagrin admirable.

Dès le début de l'office, en signe d'affliction, elle s'est mise à me serrer le bras de façon spasmodique. J'ai profité d'un moment où nous étions debout pour me délester de ma veste et rembourrer une manche à l'aide de mon pull, auquel la Tante Foune a continué de prendre la tension tout au long de la messe, à intervalles réguliers.

Le manège n'a pas échappé à Lolie, qui a recommencé à se mordre les joues.

Le petit curé a frappé fort, en osant comme préambule : « Mon cher Laurent, nous nous réjouissons de te voir parmi nous. » Puis – emporté par l'ambiance, sans doute – il s'est mis à se prendre pour un prédicateur. Il enflait de la voix, il se haussait du cou, jouait avec l'écho, te tutoyait comme un vieux pote, en t'affirmant avec une conviction louable que ce jour était pour toi un jour de plénitude, et même *« le plus beau de ta vi-i-e, Laurent, puisque Notre Sauveur, te rappelant à lui-i, vient de t'ouvrir enfin-in les po-ortes du tombeau »*.

Tante Foune a commencé à se balancer en sourdine.

Elle n'allait pas tarder à nous pondre un gospel.

Oooh, Lord…

Je contemplais, un peu pensif, ta boîte en pin massif plaqué hêtre, chants moulurés, habillage intérieur satin polyester, cuvette étanche, poignées Versailles en résine vieux bronze.

Tu devais tirer la gueule, enfermé là-dedans, toi qui étais claustrophobe.

Soudain, j'ai perçu un mouvement furtif, à la droite de Lolie. La tête de Genaro – qui s'était endormi – venait de s'effondrer tout d'un coup en arrière, entraînée par son propre poids. Lolie a discrètement poussé Genaro de l'épaule. Il s'est tassé encore plus, il est parti en ronflements. Lolie soubresautait comme un marteau-piqueur. Elle a fini par se coller un mouchoir sous le nez, elle est sortie de l'église à pas précipités. L'assistance l'a suivie d'un regard désolé, La pauvre, quel chagrin, quelle terrible épreuve…

Tante Foune me serrait toujours la manche avec fébrilité. À tribord, la tête de Genaro s'est redressée un instant, pour s'effondrer de nouveau, vers l'avant cette fois, dodelinante et molle, cependant que son corps tout entier penchait de plus en plus du côté de la chaise vide où se tenait Lolie il n'y a pas cinq minutes, et plongeait dangereusement vers le sol comme un ballon chargé de lest.

Il a été sauvé par l'*Ite missa est*.

Loin dans mon dos, sur le parvis, j'ai entendu Lolie qui s'étranglait de rire.

DERNIER INVENTAIRE AVANT LIQUIDATION

Un chat méchant, une mise à sac,
quelques noms écossais assez imprononçables,
une vie sentimentale en trois tomes et trois femmes.

Des passereaux.

Un testament.

Après l'inhumation, toute la joyeuse bande s'est réunie au domicile de l'Oncle Albert, à son invitation expresse, et au grand dam de Tante Foune.

Nous avons partagé un silence maussade, un mauvais quatre-quarts industriel et gras, les soupirs de la Tante, et deux bouteilles de mousseux tiède qu'Oncle Albert avait dû négocier avec elle, en urgence, dans l'arrière-cuisine.

Tante Foune, tout en nous enlevant les verres à peine ils étaient vides, répétait de sa voix usante qu'il commençait à se faire tard, qu'il y aurait certainement beaucoup de monde sur la route, et que ceux qui habitaient loin *ne devraient peut-être pas trop tarder*, surtout s'ils espéraient trouver quelque part *un endroit pour déjeuner*...

Les quelques vieux amis de jeunesse de Laurent s'étaient vite éclipsés, soucieux de ne pas abuser davantage de l'hospitalité de la tante. Seuls restaient : l'Oncle Albert, qui n'avait pas le choix mais se serait volontiers échappé lui aussi ; Lolie, qui, sans complexe, était allée récupérer son verre dans l'évier et avait entrepris de finir les bouteilles sans se soucier des regards meurtriers de la Tante ; Genaro, très mondain, qui faisait justement la causette à icelle, afin de compléter son petit palmarès (Chère Foune, très chère Foune, ma chère Foune, savez-vous que…) ; moi, enfin, avachi sur un canapé aux têtières en dentelle, en train de raconter par textos à ma belle l'exécution de la salope sur les marches usées du parvis (et sa résurrection, car elle est résistante), ainsi que l'enterrement religieux imprévu.

À midi et demi, Lolie et Genaro ont prétexté un rendez-vous urgent, à grand renfort de Quel dommage ! Ah, si on avait pu, on serait restés davantage !

En partant, pendant que Genaro tentait de placer quelques « Foune » ultimes, Lolie m'a glissé à l'oreille qu'ils allaient se poser au Petit Marrakech, derrière la mairie, avant d'ajouter :

— On commande un couscous royal et on t'attend, t'inquiète pas !

L'Oncle Albert m'a proposé de rester pour déjeuner, mais lui-même n'y croyait pas.

La Tante Foune était en train de mettre la table pour deux personnes seulement, tout en gardant ses distances avec moi comme si j'étais porteur du virus Ebola.

J'ai décliné sa non-invitation, avec les remerciements qui s'imposent.

J'ai prévenu l'Oncle que je passerais chez Laurent, avant de repartir. La Tante a levé l'oreille, tel le lièvre alerté par le pas du chasseur, se souvenant sans doute opportunément que l'Oncle Albert était la seule famille de Laurent, et de fait son seul héritier.

Elle a demandé, méfiante :

— Chez Laurent ? Pour quoi faire ?

— Je voudrais récupérer ses bons du Trésor. Je sais qu'il en avait plein, et j'aimerais les garder, en souvenir de lui, j'en fais la collection… j'ai dit, à peine aimable.

L'Oncle Albert a étouffé un petit rire nerveux. La Tante a souri – verte – et elle a fait savoir que ça ne l'arrangeait pas trop que j'aille « là-bas ». Lorsque je lui ai demandé pourquoi, elle s'est contentée de secouer son goitre.

L'Oncle s'était appuyé à mon bras, de tout son poids de plume. Il a soupiré faiblement. Vieillir n'est déjà pas facile, le faire en compagnie de cette vieille carne, ça devait ressembler à un long lavement.

J'ai expliqué à l'Oncle – qui ne m'avait rien demandé, car il est la discrétion même – que je désirais simplement reprendre mes dessins avant qu'ils ne partent à la poubelle, ainsi que des photos de nos soirées entre amis, et un livre que Laurent voulait offrir à Prune, et que j'avais oublié chez lui, la dernière fois qu'on s'était vus.

— Qu'est-ce qu'il raconte ? a demandé la Tante, en s'activant.

J'aime les gens qui parlent de vous à la troisième personne lorsque vous êtes à côté d'eux.

L'Oncle m'a regardé longuement, sans rien dire. Je n'ai pas eu de mal à traduire, je sais lire couramment dans ses yeux fatigués.

Il m'a confié les clés de la maison de Laurent, et m'a recommandé de prendre ce qui me ferait plaisir, car j'étais le plus proche et le plus fidèle ami de Laurent.

— N'hésite pas, surtout, prends tout ce que tu voudras !

— Oui, bon, enfin, quand même… a osé Tante Foune.

— TOUT ce que tu voudras ! a redit l'Oncle Albert, des majuscules dans la voix.

Et il a ajouté, à mon grand étonnement :

— Et ce n'est pas soumis au vote.

Je ne l'aurais jamais cru capable d'un aussi grand courage, mais il est vrai que pour lui l'amitié est une chose sacrée et l'occasion d'emmerder Tante, une satisfaction trop rare.

— Laisse les clés dans notre boîte aux lettres, je te prie. Je t'appellerai dans le courant de la semaine. Je crois que pour ce soir, je vais me coucher tôt, a-t-il conclu dans un murmure.

Il m'a serré dans ses bras, comme le font les gens très âgés, avec cette force surprenante, un peu raide et un peu tremblée.

Dans son dos, la Tante grommelait des choses mal aimables et remplies de défiance, en servant la salade à grands bruits de couverts.

J'ai rejoint Lolie et Genaro au Petit Marrakech, pour un couscous royal qui l'était réellement. Nous avons tenté de blaguer sur cet enterrement sinistre, indigne de Laurent, grand fêtard, grand noceur, et braillard de première à la fin des repas, lorsqu'il lui arrivait d'entonner, de sa fameuse voix des deux grammes cinquante, *Alphonse du Gros Caillou*, ou *Le pou et l'araignée*, de loin sa préférée.

On l'a chantée en souvenir de lui, sur fond de guembri et de darbouka, grâce au doigté léger d'Osmane et Raïf, les deux restaurateurs, bien soutenus dans notre effort par un petit vin de Guerrouane qui apaisait la peine et appelait à l'oubli.

Alors les poux du voisinage,
Se réunirent pour l'enterrer,
Pour l'enterrer,
Au cimetière de Champerret,
Tout comme un grand personnage.
Ah que c'était triste à voir,
Tous ces poux en habit noir.

C'était beau comme du Verdi.

La vraie cérémonie, c'était nous qui la célébrions, sans gerbe ni goupillon, ni larmes de pacotille. Nous trois. Lolie qui avait été si longtemps sa compagne, Genaro, qui avait su prendre soin de leur belle amitié, et moi, le fils spirituel qui ne l'était pas souvent, l'élève consciencieux, le créateur de Jim. Le caricaturiste.

Le « saltimbanque », aurait dit Tante Foune.

J'ai déchiré en quatre la nappe en papier blanc, j'ai fait quatre portraits de Laurent, un pour Lolie et Genaro, un pour ma Prune, un pour les deux restaurateurs, dont il avait été le client régulier. Et le dernier pour l'Oncle Albert, qui se serait joint à nous s'il n'avait pas été aussi mal marié.

Ensuite, je suis allé cuver une longue balade, tout seul, le long de la Tourzelle. J'ai toujours aimé les rivières, les lacs, les miroirs d'eau. Je bénis mon métier de documentariste de me fournir en occasions d'aller faire le guet sur les rives et les berges, à l'affût des oiseaux riverains, des sternes, hérons cendrés, grèbes et balbuzards aux merveilleux canards plongeurs ou de surface affublés, pour certains, de noms invraisemblables – *Tadorne de Belon, Fuligule Milouin* – que l'on croirait sortis d'un roman social du XIXe siècle, jeunes nobles ruinés au jeu, ou tristes clercs de notaire mielleux.

J'ai marché à pas lents sur le bord. La berge devenait de moins en moins praticable, mais je savais où j'allais, j'y étais presque. Dès l'annonce de la mort de Laurent, puis dans le train, avant de subir ce triste enterrement tellement contraire à lui, je m'étais imaginé venir ici – à cet endroit précis où je me tenais à présent, immobile.

Une courbe de la rivière qui s'ouvrait sur une plage de sable pas plus grande qu'un drap, d'où le regard pouvait flâner en suivant le cours d'eau, entre les aulnes et les saules. Personne n'y venait jamais, hormis quelques pêcheurs d'un âge canonique que le temps se chargeait tout seul de décimer, plus vieux et rares chaque année.

C'était ici que j'avais pensé disperser les cendres de Laurent, en compagnie de Lolie et Genaro, dans une cérémonie que j'avais imaginée romantique à l'extrême.

Un petit discours, peut-être ? Je n'en étais pas sûr.

Un whisky, en tout cas. C'était le moins que nous pourrions faire.

La plage se refermait sur un fouillis d'herbes par lequel, en taillant droit dans les orties, on atteignait un portail mal soutenu de piliers fissurés, encadrés d'un grillage aux jolis tons de rouille, qui donnait sur le jardin de Laurent. Le portail était cadenassé, Laurent avait perdu la clé depuis belle lurette, mais dans mes rêveries ce n'était pas un problème.

L'officiant (moi), suivi de Lolie et Genaro,
en petite procession, descendent vers la rivière,
en passant par le jardin de Laurent.

Chacun d'eux porte un plateau,
comme les saints sacrements.
Sur celui de Lolie, des gants de jardin
et des pinces coupantes, pour découper le grillage.
La bouteille et les verres sont sur le plateau de Genaro.
L'officiant (moi), se charge de l'urne funéraire
en forme de petit tonneau.

Je voyais bien la scène de nuit. La pleine lune, quelques bougies. Et le fantôme de Laurent, perché sur une branche comme un gros chat-huant – encore appelé chouette hulotte *(Strix aluco, ordre des strigiformes, famille des strigidés/ill. Merlin Deschamps).*

Mais la Tante Foune en avait décidé autrement. L'ami Laurent était six pieds sous terre, à cause d'elle. Comme tout bon héros de western, finalement, même si la dalle en marbre et l'allée de gravier étaient moins poétiques qu'une croix faite de deux planches et plantée de guingois sur un monticule de cailloux, dans un désert battu par les vents de la plaine.

Laurent en aurait ri, après avoir voué la Tante aux gémonies, les gémonies étant – comme chacun le sait dès qu'on le lui a appris – cet escalier, à Rome, sur lequel on exposait les corps des suppliciés.

J'ai soupiré.

Nous ne disperserions pas ses cendres, contrairement à ce que j'avais promis. Il fallait que je m'en excuse. Le portail étant condamné, je n'avais pas d'autre choix que rebrousser chemin, pour aller chez

Laurent. Je lui parlerais là-bas, seul à seul, entre ses murs, dans son domaine.

Je lui dirais des choses intenses, dignes, qu'il entendrait peut-être, où qu'il soit.

Mais Laurent était mort. Les morts n'ont plus de regard, ni d'oreille.

Et je commençais à prendre froid.

Les maisons meurent de tristesse, quand leurs habitants sont partis. Je l'ai ressenti en poussant le portail. Le jardin avait l'air d'avoir abandonné tout espoir d'être visité. À la porte d'entrée, le paillasson souhaitait un Welcome inutile, que plus personne ne lirait. Dans le bureau de Laurent, tous mes portraits de lui semblaient plus tristes encore que ces tableaux médiocres accrochés aux cimaises de musées de province dans lesquels on ne va jamais.

Il régnait un étrange désordre. Des livres en piles, en tas, sur le tapis. Les étagères de la bibliothèque ponctuées de trous et de manques, comme un sourire large ouvert sur une mâchoire édentée. Sur la petite table, un verre, un seul, qui m'a serré le cœur.

Tout donnait l'impression d'une capitulation. Une fuite avant la rafle, un lendemain d'exode.

J'ai pris le verre pour aller le laver, le ranger. Sur la table de la cuisine, en sinistre tableau de chasse, j'ai découvert une pagaille de grandes enveloppes et de classeurs d'archives qui laissaient échapper leurs entrailles. Quelqu'un était venu ici, avait fouillé. J'ai parcouru la maison à grands pas.

Placards ouverts, tiroirs béants dont le contenu gisait au hasard sur le sol, comme après un cambriolage. Dans la réserve, à l'abri des deux grandes armoires que Laurent avait faites sur mesure lui-même, ne restaient que quelques bouteilles, quand je me souvenais de la collection de whisky qui faisait sa fierté, soigneusement rangée dans les boîtes d'origine.

J'ai appelé l'Oncle Albert, bouleversé. Je lui ai raconté l'état dans lequel je venais de trouver la maison, la mise à sac, et l'évaporation étrange de sa cave.

Stupéfait, il a bredouillé.

— Ah, çà, mais… Qui a pu… ?!… Tu penses que je devrais appeler la police ?

— La police ? Pour quoi faire ? a hululé la Tante, au loin.

Dans un souci de discrétion louable – mais raté – l'Oncle a posé sa main à côté de l'écouteur et a hurlé dans mon oreille, à l'intention de son épouse :

— Merlin me dit que la maison de Laurent a été cambriolée, il manquerait au moins deux cents bouteilles de whisky. Est-ce qu'elles s'y trouvaient encore, lorsque tu t'y es rendue en compagnie de Mathias ?

— Ah, çà, je n'en sais rien ! Nous ne sommes pas allés dans la réserve ! a protesté la Tante d'une voix plus fausse que ses dents avant de conclure, comme une idiote : Et il n'y en avait pas deux cents !

L'Oncle Albert m'avait pourtant prévenu : Tante Foune était venue ici avec son neveu Mathias, avant l'enterrement, pour essayer de trouver le testament de Laurent. Ils avaient mis du cœur à l'ouvrage, c'était le moins qu'on puisse dire. Une authentique perquisition.

Je comprenais mieux pourquoi elle était ennuyée à l'idée que je vienne ici, avant d'avoir eu le temps d'y faire le ménage. J'ai dit à l'Oncle de ne pas s'en faire, que je n'avais sûrement pas regardé où il fallait, et que je le rappellerais plus tard. J'ai été pris d'un mauvais rire.

Je croyais voir les deux pitres, appâtés par l'idée d'un gain, si minime soit-il, et leur hâte à venir dépouiller la dépouille. Je m'étonnais seulement qu'ils n'aient pas pris le soin de retourner le terrain à la bêche. Ils avaient dû manquer de temps.

Je les imaginais en train de farfouiller, sans ménager leur peine, tournant autour du lit sur lequel gisait Laurent, indifférents à sa présence, soulevant ses oreillers, peut-être, fourrageant au hasard des tables de chevet. Les scènes se succédaient, se bousculaient dans ma tête.

Laurent, sur son lit de mort.
Les yeux tournés vers lui, l'air vaguement inquiet,
comme si elle craignait qu'il se réveille,
la Tante Foune s'apprête à plonger une main dans un tiroir,
sans avoir remarqué le piège à loups qui s'y trouve.

Ou bien

Tante Foune allonge démesurément
son long cou de tortue pour inspecter le fond d'un placard.

Dans l'encadrement de la porte, juste au-dessus de sa tête, une lame de guillotine s'apprête à retomber.

Ou

Un décor médiéval, Mathias, habillé en bouffon,
poulaines à grelots et bonnet à clochettes,
avance à tâtons, chargé comme une mule
de bouteilles de whisky, dans un corridor sombre
décoré de portraits de Laurent mort de rire.
Au milieu du couloir bée largement une oubliette.

Il fallait en finir. Après avoir hésité entre le pal, les brodequins, la roue, la vierge de fer et la poire d'angoisse, j'ai fini par me décider pour une tapette géante du genre catapulte, qui a scotché au mur les deux mouches à merde *(Scatophaga stercoraria)*, dans un petit bruit déplaisant.

À chacun selon son mérite, et le leur n'était pas bien grand.

Dans la cuisine, il y avait les deux écuelles de Cirrhose, la chatte de Laurent. Je l'ai appelée, en vain, ce qui ne m'a pas surpris. Seul, Laurent parvenait à lui tirer parfois quelques ronrons nerveux. Il avait trouvé la bestiole dix ans auparavant, encore chaton, au fond de son jardin, miaulant comme une perdue, les yeux collés, le nez sale et l'air misérable. Laurent, touché, l'avait ramassée dans ses grandes mains osseuses. Pour le remercier, elle lui avait mordu les doigts, de ses petites dents pointues. Depuis lors, il avait déployé des trésors d'attention dans l'espoir de se faire aimer d'elle, tout ça pour un résultat on ne peut plus mitigé.

La sombre créature n'avait pas dû manger ni boire depuis le décès de Laurent, l'écuelle avait été rincée à grands coups de langue râpeuse. J'ai laissé de l'eau, et une boîte entière de pâtée pour matou. Je referais une tentative, plus tard dans la soirée.

Même si je n'étais pas chaud – je connaissais l'engeance –, je m'étais décidé à la ramener chez nous, après que Tante Foune eut fait savoir qu'elle comptait porter cette « pauvre bête » à la SPA, où elle serait sûrement piquée, « vu son âge ». Trop presbyte du cœur pour lire dans les regards, elle n'avait pas vu s'allumer dans le mien la lueur vengeresse.

Tante Foune, le poil miteux,
dans une caisse grillagée posée devant la porte de la SPA.
Il pleut des trombes.
Sur la porte, un panneau : Complet.
À côté de la caisse, hors de sa portée,
une petite assiette, avec une tranche de quatre-quarts détrempée et un verre de mousseux dilué par l'averse.
Un chien galeux s'arrête, et pisse sur la Tante.

J'ai ôté mes dessins des murs, dans le bureau de Laurent, avec le sentiment de ranger les décors à la fin de la dernière. La pièce était jouée. Tout ce qui avait vécu entre ces quatre murs venait de s'évanouir, emportant une part de moi-même et de mes souvenirs.

J'ai retrouvé le livre que Laurent voulait offrir à Prune. Un beau livre sur les bois de fruitiers en ébénisterie. Je n'ai pas eu envie de m'attarder davantage. La maison me poussait dehors, devenait étrangère. Je n'y étais plus à ma place. C'était le moment de partir.

J'ai fermé les volets. Ce simple geste, familier, m'a fait venir les larmes aux yeux. L'obscurité qui gagnait la maison, pièce à pièce, me renvoyait à la mort de

Laurent. Je ne le verrais plus, je ne l'entendrais plus, la page était tournée et je me sentais vieux.

Chaque mort d'un ami est une lampe éteinte, qui rend notre chemin un peu plus hasardeux.

Je suis retourné chez Lolie et Genaro, pour soigner ma mélancolie.

Mon copain Genaro, c'est le bon gros nounours. Après avoir été puériculteur en crèche, il s'est reconverti en auxiliaire de vie pour personnes âgées dépendantes, ce qui, d'après lui, ne fait pas grande différence. Ils se pissent dessus et bavent tout pareil leur compote, sauf que, quand il s'agit des vieux, il n'y a plus grand monde pour trouver ça mignon.

Il fait la paire avec Lolie, qui fait confessionnal en même temps que taxi, parce que les gens crèvent de solitude, qu'ils ont besoin de parler de leur vie.

Elle dit des choses étranges comme :

— J'aurais fait pute en camion, j'aurais vu passer moins de monde et j'en saurais sûrement beaucoup moins sur la vie.

Elle aime bien raconter ses plus jolies histoires. Celle de cette jeune femme enceinte jusqu'aux yeux qui avait accouché en urgence sur sa banquette arrière, en rase campagne, avec son aide, et lui avait demandé son prénom, pour pouvoir le donner à sa fille. Celle de ce grand-père qui voulait disperser les cendres de sa femme dans la mer, du haut d'une falaise, et qui a fait tout le voyage l'urne sur les genoux, en répétant « J'espère qu'il fera beau, elle déteste la pluie… ». À l'arrivée, il y avait du soleil, un petit vent qui poussait vers le large, le grand-père a dit en souriant : « On a vraiment de la chance, d'avoir un temps pareil ! »

Lolie et Genaro, c'est le monde merveilleux des contes pour enfants, dans lequel les gentils sont gentils, bêtement. Ils m'agacent parfois avec leur idéal militant d'une vie dans laquelle chaque citoyen adopterait un sdf, un chien perdu, un réfugié, un viticulteur bio, une grand-mère, parrainerait un enfant à l'autre bout du monde et donnerait au WWF. Ils croient que les gens sont généreux, pour peu qu'on leur laisse le choix. Ils sont de toutes les bonnes causes, de toutes les pétitions, de toutes les manifs. Ce sont des intégristes de la démocratie. Ils font encore confiance aux hommes politiques. Cons comme des poussins qui voteraient Renard.

C'est aussi pour ça que je les aime.

En fin de soirée, nous avons organisé une battue chez Laurent, Genaro, Lolie et moi, aidés par un couple d'amis qui s'était joint à nous. Nous avons réussi à capturer le fauve au bout d'une heure, non sans nous être fait larder de coups de griffes, pour Lolie, et mordre jusqu'au sang, pour moi.

On s'est bien amusés quand même.

Je suis donc revenu chez nous affligé d'une Cirrhose postillonnant de rage dans une caisse à chat que m'avait prêtée Lolie. Le retour m'a semblé long, et plus encore à mes voisins car nous avons eu droit à un vrai festival de miaulements furieux, plaintes, crachotements, feulements d'agonie, vomissements et j'en passe et ce, pendant plus de sept heures. J'ai vu le moment où les autres voyageurs, excédés, allaient se jeter sur nous et nous défenestrer.

Le voyageur innocent (moi) assis sur le ballast,
visiblement sonné, ses habits en lambeaux.
À l'horizon, un train s'éloigne.

Sur le bas-côté, une caisse à chat, à l'envers,
à moitié défoncée, mais encore fermée.
Une patte griffue est en train de limer les barreaux.
Du fond de la caisse, on voit deux yeux furieux
et injectés de sang briller dans la pénombre.
La nuit tombe.

Prune nous attendait à la gare. Elle était ravie de l'adoption. C'était bien la seule de nous trois.

À peine libérée, Cirrhose nous a gratifiés d'un numéro de haute voltige, vitesse accélérée. Nous l'avons vue successivement (ou simultanément ?) grimper aux rideaux, bondir d'un fauteuil à l'autre, sauter sur place des quatre fers comme si le tapis était électrifié, ramper en bavant sous les meubles pour réapparaître aussitôt, queue touffue quadruplée de volume et crête sur le dos, grondant comme une furie. Tout cela pour finir réfugiée sur le buffet de la cuisine, sur lequel elle est restée perchée trois jours, nous agonissant d'insultes et envoyant une patte équipée de cutters dès que nous tentions d'attraper une assiette ou un verre.

Prune répondait à tout ce flot de haine avec amour, patience, croquettes et compassion, peu soutenue dans sa démarche par notre propre chat, dit Le chat, ou Chausson, mollassonne carpette en fourrure à poils longs, anéanti par cette épreuve.

Notre pauvre Chausson avait eu déjà assez de mal à se faire à la campagne, infestée de souris et de lézards hostiles, et dont la terre humide et le traître gazon lui faisaient regretter chaque jour un peu plus la moquette élimée de notre appartement.

Depuis l'arrivée de Cirrhose, il tombait désormais dans les pommes au moindre mouvement brusque (il est un peu cardiaque) et se pissait dessus à peine il l'entendait.

On n'allait pas tarder à l'appeler Oncle Albert.

La maison est vite devenue le théâtre d'une guerre de tranchées entre les quadrupèdes (avantage à Cirrhose), dont nous étions victimes collatérales, moi surtout, régulièrement mordu de peur par un Chausson stressé, ou délibérément lacéré aux chevilles par la noire succube, désormais planquée sous l'armoire d'où elle jaillissait pour me sauter dessus pour un oui pour un non.

J'avais bien proposé à Prune d'en faire une tourte ou un civet, et de se tailler des moufles dans sa fourrure de loutre. Elle n'avait rien voulu savoir, naïvement persuadée d'arriver à dompter l'hystérique, et de la rendre un jour plus douce qu'un agneau.

J'avais renoncé à faire part de mes doutes.

Je m'étais promis, par contre, de faire une place de choix à cette saleté dans mon petit bestiaire de Wild Oregon. Je pensais la doter de canines de Tigre à dents de sabre, et de griffes en proportion, et l'exiler vite fait aux frontières de l'hyperespace, bien après les bagnes d'Oblivion ou le fort de Far-and-Away.

Je lui avais déjà concocté sa petite rubrique dans ma taxinomie des Mondes Éperdus : *Felix atrox (ou Felix crudelis), mammifère félidé hautement carnivore, communément nommé Saloperie de chat, espèce endémique de l'exoplanète Ysidor, aux fins fonds des confins des mondes/ill. Merlin Deschamps.*

En attendant, je garais mes chevilles et je passais au large des meubles, épié à chaque seconde par deux larges yeux verts, ronds et hallucinés.

Prune avait bien travaillé, durant ma courte absence. Contrairement à ce qu'elle avait prétendu par SMS (mais la drôlesse est facétieuse) le plancher de la salle de bains n'était pas devenu bleu. Elle l'avait décapé et huilé, ainsi que les encadrements de portes et de fenêtres. Les murs repeints en ocre s'éclairaient à présent d'un jeu de miroirs anciens aux cadres en plâtre mouluré, des plantes vertes à profusion donnaient une impression de jungle reposante.

Elle avait dégoté je ne sais où un vieux comptoir de mercerie dont elle avait remplacé les boutons des multiples tiroirs par d'autres, dépareillés, en céramique ou verre de couleur, car ma belle a besoin d'arcs-en-ciel dans sa vie. Quelques tapis de corde, un porte-serviette antique et un assortiment de bricoles insolites, nous ferions désormais nos ablutions dans une salle de bains digne d'Ali Baba.

Il ne nous restait plus qu'à espérer la venue prochaine de monsieur Bombala, grâce à l'intervention duquel nous pourrions peut-être un jour nous laver à l'eau chaude.

Dans la cuisine aussi, il y avait du changement. Le piano d'anniversaire trônait, monumental, d'un bleu profond de saphir de Siam, brûlant de tous ses feux sous sa hotte en laiton. En même temps que le vieux comptoir, Prune avait fait livrer par un ami à elle une ancienne échelle de peintre, achetée pour trois fois rien à un collègue de brocante et qui, grâce à cinq planches judicieusement posées en travers des barreaux, s'était changée en étagère.

Prune y avait disposé « sa collection hétéroclite », ainsi nommée par elle en réponse à une polémique avec Laurent qui lui avait soutenu un soir – avec raison – que l'on ne *collectionne* que les objets de même famille ou sorte – exception faite des emmerdes. Sinon on appelle ça un fourbi, encore désigné sous les termes de bazar, capharnaüm, bordel, foutoir, bastringue.

Sur les nouvelles étagères elle avait arrangé des théories de tasses, de théières, d'assiettes, des vieilles cartes postales, une balance Roberval et ses douze poids en laiton assortis à la hotte, deux chats en porcelaine, un bouquet de lavande, une boîte en écaille emplie de boutons de nacre, de buis et de Galalithe. Et, comme partout ailleurs dans la maison, des guirlandes multicolores, éclairées de jour comme de nuit, qui changeaient la maison en décor de Noël.

Prune a un sens inné du bien-être. Bordélique, peut-être, mais toujours chaleureux.

Moi qui ai pendant longtemps campé dans mon atelier, assimilé tout appartement à un lieu de passage, et confondu vie et travail, depuis que je suis avec elle, je connais enfin la joie de la paresse dans la chaleur du nid, je sais ce que « maison » veut dire.

J'ai raconté à ma douce mes deux journées loin d'elle, riches en émotions intenses et contrastées. Ça m'a bien soulagé. Prune efface les peines rien qu'en les écoutant.

Je me défaisais de mes chagrins, elle les absorbait sans remous comme autant de cailloux jetés au fond d'un puits et, si je m'étais penché par-dessus la margelle, je n'aurais aperçu que le reflet de la nuit dans la clarté de ses eaux calmes.

Assis en tailleur près du poêle, nous avons consacré un long moment à regarder un à un les portraits de Laurent, à trier les photos. J'avais pensé tout afficher aux murs de mon atelier mais, conseillé par Prune, qui entretient avec la mort des rapports sagement distants, je me suis dit qu'il valait mieux ne pas transformer mon lieu de travail en mausolée.

La création est un jaillissement, une éclosion, une promesse. Comme toute naissance, elle porte en elle, sans doute, le germe de sa consomption et, de ce fait, peut se nourrir de l'idée d'une fin inévitable.

S'en nourrir, mais pas s'y complaire.

Sur les murs de mon atelier, il n'y aurait que Jim Oregon.

Dans mon cœur, c'était mon affaire.

Quelques jours plus tard, j'ai reçu un appel de l'Oncle Albert, à six heures du matin, pour ne pas déroger aux bonnes habitudes.

Après m'être fait ruer dessus par ma douce en colère, je me suis levé, je suis allé dans la cuisine et j'ai tenté d'allumer le poêle, avec une sensation pesante de déjà-vu, déjà-vécu.

Seul changement notable : Cirrhose, surprise en train de voler dans la gamelle de Chausson, qui a sauté sur le buffet, le poil hérissé, le dos plus arrondi qu'une voûte en plein cintre, en soufflant aussi fort que Prune lorsqu'on essaie de la réveiller.

J'ai demandé à l'Oncle comment il se portait. Il a dit :

— Aussi bien que le veut mon grand âge, donc magnifiquement, puisque je suis en vie !

Puis il m'a demandé si j'avais cinq minutes à lui consacrer. Je lui ai répondu que j'avais tout mon temps, par politesse, car je n'avais qu'une envie, m'en retourner aux plumes et me rendormir au chaud serré contre ma brune.

Albert a toussoté.

— Eh bien, figure-toi qu'après ton départ, Tante s'est brusquement souvenue d'avoir ramené quelques bouteilles de whisky de chez Laurent, en effet. Mathias lui avait fort gentiment proposé de les mettre en lieu sûr chez lui.

— Ben voyons, j'ai dit, d'un ton que j'aurais voulu plus neutre.

— Je te sens sceptique, a dit l'Oncle.

— Du tout.

Albert a ajouté, plus fort :

— Mathias est très serviable.

— Nul n'est parfait, j'ai dit.

L'Oncle a transformé *in extremis* son gloussement ravi en petite toux sèche.

Il sait pertinemment quelle sorte d'amitié je porte à son neveu, qu'il supporte lui-même très difficilement. Il a dit, du ton le plus neutre possible :

— Tante est retournée chez Laurent avant-hier, elle en a profité pour prendre tous les papiers et documents qu'elle a pu trouver chez lui, elle a fait le tri, il n'y avait pas de bons du Trésor…

— Fichtre ! Pas de louis d'or, non plus ? ni de petites coupures ?

J'ai senti au ton de sa voix que l'Oncle buvait du petit-lait lorsqu'il a ajouté, en détachant bien les syllabes, comme s'il s'adressait à une personne sourde :

— Rien. Tante te fait dire qu'elle a cherché partout.

— J'en suis certain, j'ai dit, en riant malgré moi.

Elle avait dû fouiller à s'en ruiner les ongles. Fouir dans chaque recoin, creuser ses galeries comme une courtilière *(Gryllotalpa gryllotalpa, encore appelée taupe-grillon, insecte orthoptère de la famille des Gryllotalpidae/ill. Merlin Deschamps).*

Elle s'était épuisée en vain : Laurent n'avait jamais épargné quoi que ce soit dans sa vie, ni sa santé, ni son argent, ni le temps à consacrer à ses meilleurs amis.

— Je tenais à t'en informer, a ajouté l'Oncle.

Puis, d'une voix plus sérieuse :

— Je voulais également te dire que je suis allé moi-même chez Laurent hier matin et, avec l'aide de Lolie et de Genaro, j'ai récupéré tous les livres de Laurent, ainsi que sa collection d'outils. Il y en a de fort beaux, je trouve, et je voudrais te les donner, si tu veux bien.

— Ils t'appartiennent, Albert.

— Je sais bien, je sais bien, mais, sans vouloir faire parler les morts, je crois vraiment que Laurent aurait été heureux que ce soit toi qui les aies. Et puis, j'ai passé l'âge des collections, tu sais. En fait, j'ai passé l'âge de la plupart des choses. Voici venu le moment de s'alléger. Il faut dépouiller le vieil homme… Je viendrai vous voir, un jour, et je t'apporterai ce petit héritage. Lolie m'a proposé de m'accompagner chez vous en taxi. Ce sera mon dernier voyage, dont je suis heureux de savoir qu'il me mènera chez des amis.

— Tu seras toujours le bienvenu, j'ai dit.

— Ce « toujours » t'engage pour peu, a plaisanté Albert.

Lorsqu'on s'est dit au revoir, il était à peine six heures trente, je n'avais plus du tout sommeil. C'était l'occasion ou jamais de travailler de bon matin, ce que je ne fais jamais, ou presque, faute d'être levé à des heures stupides.

J'avais à terminer deux planches sur le pinson des arbres *(Fringilla coelebs)* dont, par bonheur, d'authentiques spécimens s'égayaient dans nos arbres, ce qui m'avait permis de dessiner d'après nature et de prendre bon nombre de clichés essentiels.

En préparant mon matériel, encore tout à ma conversation avec l'Oncle, je me suis souvenu de la dernière fois que j'avais vu Laurent, trois semaines plus tôt.

En arrivant en fin de journée, je l'avais trouvé dans son bureau, assis dans cet affreux fauteuil vert que j'avais toujours connu. Il m'avait accueilli à sa façon habituelle, la main levée bien haut en une sorte de salut romain, son éternel demi-sourire aux lèvres.

Laurent avait une façon particulière de s'asseoir, de bouger, à la fois nonchalante et pleine de maîtrise. Je ne l'ai jamais vu se voûter, s'avachir, se courber, comme le font souvent les gens de haute taille. Au contraire, il se tenait très droit, mais sans raideur, même aux pires moments de déroute, quand il était ivre à tomber. L'âge venant, il émanait encore de lui quelque chose que je ne saurais pas définir autrement : il avait une classe qui imposait le respect.

Ce jour-là, il était cloué dans son fauteuil par une mauvaise sciatique, qui équivalait pour lui au pire des outrages, un vrai crime de lèse-majesté. Il a fait mine de se lever lorsque je suis entré. J'ai arrêté son mouvement d'un geste. Il m'a remercié d'un regard. J'ai dit :

— Alors ?

— Alors, tu tombes bien !

J'ai cru qu'il allait me demander d'aller lui chercher un cachet, un verre d'eau, un café, ce genre de petites choses qui deviennent obsédantes, lorsque l'on a du mal à s'en charger soi-même. Mais il m'a dit :

— Je vais te faire découvrir quelque chose !

À côté de lui, sur la table basse, il y avait un de ces vieux single malts essentiellement écossais et venus de l'île d'Islay, qu'il collectionnait avec amour depuis près de quarante ans. Il m'a demandé d'aller chercher deux verres tulipe, au fin couvercle. Surtout pas de ces verres soi-disant « à whisky », dont l'ouverture trop large fait perdre les arômes. Laurent était bon professeur, j'avais retenu ses leçons. La première d'entre elles ayant été de m'apprendre à prononcer d'une façon potable le nom des whiskys qu'il me faisait découvrir, Glen Garioch se disant plus ou moins « Glenn Guiri », Bruichladdich « Brourladi », Bunnahabhain « Bounaharvin », Auchentoshan « Arrentochenn », Strathisla « Chtrasaïla »…

Je n'ai jamais compris par quel prodige Laurent arrivait à être en même temps alcoolique accompli et bel épicurien. Ça restera pour toujours une énigme.

Je l'ai vu se saouler au blanc, au rouge, au rosé, à la bière, à n'importe quel alcool qui passait à portée, dépasser le seuil du plaisir, puis celui de l'excès, arriver par paliers savamment calculés à l'abrutissement, de plus en plus silencieux, de plus en plus taciturne, au fur et à mesure que montait la marée, jusqu'à ce que son regard naufrage dans l'alcool avant que ne retombe le rideau des paupières. Je l'ai vu tenir debout dans les pires tempêtes, quand il atteignait 10 sur l'échelle de Kriter.

Mais son whisky, il ne le *buvait* pas. Non. Il le respirait, le savourait d'un œil ému, comblé, d'une langue attentive. Il y mettait la même application, la même dévotion qu'un vieux bouddhiste zen au rituel du thé. Son palais n'était pas gâté et rien que ça, ça tenait du prodige.

Deux ans plus tôt, après quelques soucis liés à ses excès, il avait décidé de ne plus se consacrer qu'à sa collection personnelle : une cave d'anthologie, qu'il n'était pas certain d'écluser en entier. Depuis, il donnait la priorité aux trésors les plus rares. Ne pas partir sur un regret. J'en étais le premier bénéficiaire car Laurent me tenait pour son élève et se montrait très soucieux de me faire progresser.

Laurent a caressé la bouteille d'un geste respectueux, avant de nous servir. Il a ajouté deux ou trois gouttes d'eau fraîche. Il a pris le temps d'apprécier la couleur du liquide, d'un œil de vieux renard qui tient la poule sous sa patte. Celui-là était acajou, avec de beaux reflets moirés. Il y en a des miel, des cuivre, des pâles ou ambrés. Il a fait tourner le liquide dans son verre, à mouvements réguliers, avec un sourire entendu d'artisan.

Il a dit :

— C'est un Strathisla de 1953. Un single cask.

Autrement dit, un single malt issu d'un seul et même fût, sans aucun assemblage. Le must, le top, le nirvana.

Après l'avoir aéré, Laurent a pris le temps d'en étudier les larmes, ces traces qui se forment sur le cristal et qui renseignent les spécialistes sur l'âge du whisky et sur le bois des fûts.

Il a approché le verre de ses narines.

J'assistais au cérémonial pour la millième fois, toujours aussi fasciné. J'aurais beau faire, je pourrais étudier tout le restant de ma vie, je n'arriverais jamais à la cheville du maître, je manquais de patience, de nez, et de génie.

Derrière lui, sur le mur, il y avait un grand portrait que j'avais fait de lui au cours d'un repas mémorable, durant lequel il avait repoussé les limites à l'extrême.

Un dessin à la plume, à la manière de Daumier :

Laurent, en Dionysos digne et bourré,
trône dans son fauteuil, drapé dans un chiton maculé
de pinard, la trogne enluminée, le cheveu en pétard.
Sur sa tête, une couronne de lierre de guingois.

Il lève à sa propre santé un verre grand comme un saladier.
À ses pieds, une cour alanguie de faunes et de sylphides,
dont les visages ressemblent à ceux des amis invités.
Dans un coin de la pièce, Prune et la chatte Cirrhose,
l'œil mauvais et le poil hirsute, finissent les fonds
de verres à l'aide d'une paille.

Laurent avait déclaré que la toge lui allait bien, et mettait en valeur son côté impérial. Après que je lui ai offert cette œuvre magistrale, il avait marchandé à Prune un vieux cadre en plâtre mouluré, repeint en vert anis et rose, qu'il trouvait assorti à son teint coutumier, jaunisse et couperose.

La narine frémissante, il a humé, longuement, puissamment. Il a fermé les yeux, a mis une gorgée en bouche, l'a brassée de la langue, des lèvres et des joues. Il a soupiré d'aise.

— Une merveille, il a dit.

Je connaissais la suite du rituel, ce serait à mon tour de respirer les effluves, en prenant tout mon temps, avant de lui dire ce que j'avais trouvé. Des arômes de figue, de datte ? Un parfum de rose, de quinquina ? Si je ne m'étais pas trompé, il approuverait, le regard fier. Dans le cas contraire il m'aiguillerait peut-être. Puis, mes narines ayant accompli leur office, il me regarderait goûter, la grâce de l'instant multipliée par le plaisir qu'il lirait dans mes yeux.

— Alors ?

Et je lui parlerais des parfums de cake aux épices, muscade, clou de girofle, fruits secs.

Ce jour-là, il m'a demandé ce que je pensais de la note finale.

— Un peu amère, j'ai dit. Avec un goût d'abricot qui ressort. Et puis autre chose, j'ai le nom sur le bout de la langue. On en trouve dans les plats orientaux…

Il m'a fait sa moue mystérieuse, en bon provocateur qu'il était.

— Ça va, j'ai dit. Je sais bien que *toi* tu le sais… De la coriandre ? C'est ça ?

Il a éclaté de rire.

— Tu progresses, Merlin. Tu progresses…

Il a claqué des deux mains sur ses cuisses, comme s'il voulait se lever pour une tâche urgente. Puis plus rien. Il est resté silencieux, lointain. Enfin il a dit :

— C'est bizarre… Depuis quelques semaines je n'arrête pas de repenser à ma vie… Je suis en plein inventaire avant liquidation…

— Arrête ! j'ai dit.

Il a levé la main.

— On ne sait jamais ce que l'avenir nous réserve, Merlin. Ou plutôt, si. On le sait très bien. Je sens que je me fais vieux.

— Tu dis ça parce que tu es vexé d'avoir une sciatique.

— Aussi, oui. Mais pas seulement.

Il a continué.

— Je suis un peu déçu. Je trouve qu'en soixante-quinze ans, je n'ai pas fait grand-chose. Il y a bien deux ou trois trucs dont je suis un peu fier, d'accord, mais une réussite n'efface pas un échec. Au contraire.

Je n'ai rien ajouté. Je le connaissais par cœur.

— Je n'ai plus le temps d'avoir des regrets. Et pas moyen de recommencer le travail, ça, au moins, c'est une certitude... Putain, ça passe vite !... Tu ne trouves pas ?

J'ai hoché la tête. Ça passe vite, oui.

Et plus ça va, plus ça déboule, plus les jours se bousculent entre eux. Le temps d'en prendre conscience et c'est fini, ou presque. On se retrouve mort avant de se voir vieux.

Il a repris son verre. Une gorgée. Un silence. Il a dit :

— Enfin, bon, en tout cas, je n'ai volé personne, tué personne, je ne crois pas être un mauvais bourrin, en règle générale. Il n'y a qu'avec les femmes que j'ai vraiment merdé, ça oui. Et pourtant je les aime... Mais mal, apparemment, puisque je n'arrive pas à les garder.

Une gorgée. Un silence. Un claquement de langue.

— Il y a eu trois femmes dans ma vie. Trois. Dont Lolie. Je ne te parle pas des figurantes, hein. Je te parle de celles qui ont compté...

Il s'est resservi, il a hoché la tête.

— Et merde ! Je commence déjà à faire mon numéro... Je ne veux pas parler des femmes « qui ont compté », mais de celles que j'ai aimées. Ai-mées ! Bon sang, pourquoi c'est difficile à ce point, de le dire ?

Il m'a regardé, curieux. Il a repris :

— Tu as aimé d'autres femmes, toi, avant Prune ?...

J'ai haussé les épaules.

— Allez ! Me fais pas ta pucelle ! Tu as aimé, avant Prune, ou non ?

J'ai répondu d'un signe qui pouvait vouloir dire oui, non, je ne sais pas. Mais je me souvenais bien de quel puits Prune m'avait tiré, après une rupture et tellement de vide.

Il a souri.

— Je suis con, bien sûr que oui, tu as aimé !… À ton âge… Bien sûr ! En même temps, on n'a jamais parlé de ça, tous les deux. Pas une fois en vingt ans. Tu ne trouves pas ça étonnant ?

Il a continué.

— Moi, j'ai eu quelques aventures et trois vraies histoires d'amour. En soixante-quinze ans, ce n'est pas une prouesse. Tu sais ce qui m'emmerde ? Aujourd'hui je suis sûr que j'aurais pu vivre heureux avec chacune d'entre elles. J'aurais été un homme différent, voilà tout. Si seulement j'avais réussi à en garder une. Au lieu de ça, regarde… je suis là, comme un con.

Il a montré d'un geste la pièce, les meubles, les objets. Ses étagères menaçant de s'écrouler sous le poids de tous ses livres d'art, les murs ornés de vieux outils anciens et rares, consacrés aux métiers du bois, menuisier, sculpteur, ébéniste, ses bandes dessinées en hautes piles instables (et toutes mes œuvres dans le tas, par compassion pour ma fierté).

Un univers entier voué à disparaître, un jour ou l'autre, éparpillé, vendu, donné à ses amis.

Et une fois le partage accompli, ce qui reste de nous quand nous ne sommes plus là : le petit tas de bordel au centre de la pièce, avec toutes ces choses dont ceux qui nous survivent ne savent pas que faire, et qu'ils n'osent pas jeter, lunettes sans étui, vieux portefeuilles en cuir, photos d'identité, stylos, clés de tailles diverses, dont nul ne sait quelles serrures elles ouvrent. Dans les yeux de Laurent il y avait de l'ironie. Toute une vie pour si peu.

Il a repris :

— Ce sont toujours les femmes qui décident de nos vies. Tu le sais, ça ?

J'ai pensé à ma Prune, à ses listes de courses et de recommandations. Son expression têtue et enfantine, sa façon de driver mon existence, tout en douceur, sans insister, mais fermement.

Depuis que nous étions ensemble, je mangeais bio, je rangeais mes chaussettes par paires et j'ouvrais les volets dès que j'étais debout au lieu de rester comme un rat dans son antre – jusqu'à midi parfois –, les pieds dépareillés, un marron et un bleu.

Ce n'était pas seulement un détail, dans ma vie. C'était révélateur de changements profonds. Un souci d'harmonie, un besoin de clarté.

Laurent continuait.

— … Ce sont les femmes qui nous façonnent. Toutes les femmes. Toutes. Je ne te parle pas seulement de nos mères. Les mères sont au commencement, mais le commencement d'une vie, ce n'est pas le plus important, loin de là. Ce qui importe, c'est la fin. La fin, tu vois, il n'y a que ça qui compte. J'en sais de mieux en mieux quelque chose, crois-moi.

Il m'a scruté attentivement. Il a hoché la tête.

— Je sens que tu n'es pas d'accord. Mais comme je suis beaucoup plus vieux que toi et que tu es très bien élevé, tu n'oseras jamais soutenir que j'ai tort.

J'ai souri sans rien dire.

Il a repris d'un ton plus ferme :

— Tu peux me croire, ce sont les femmes qui *font* les hommes, du début à la fin de leur vie. De leurs victoires à leurs pertes, de leur pouvoir à leur chute. Toutes celles qui ont coupé dans notre trajectoire, ou qui nous ont accompagnés. Celles qui ont dormi dans nos bras. Celles qui ont pleuré de notre violence ou qui ont ri de nos maladresses. Celles qui ont consolé nos chagrins, nous ont galvanisés aux veilles des compètes, ont applaudi sur la ligne d'arrivée. Ce sont les femmes qui nous choisissent, en se laissant choisir par nous. Et ce sont elles qui nous laissent. Quitte à tout recommencer plus loin, refaire un autre nid, bâtir, encore, encore.

Il parlait rarement autant.

— Les femmes ont une force que nous sommes loin d'avoir, Merlin. Mais tout le mérite nous en revient : grâce à nous, elles ont des siècles d'apprentissage derrière elles. Des siècles d'esclavage, de soumission, de tartes dans la gueule. Et malgré tout, elles vivent, elles survivent, elles résistent, elles se battent. Elles se marrent. Et à la fin de leur vie, elles ne chialent pas sur elles-mêmes, comme je suis en train de le faire. On est vraiment des amateurs, à côté d'elles. Des amateurs, je te le dis.

Il a ri doucement.

— Et je me demande bien pourquoi je te dis tout ça.

Il s'est resservi à boire. Il a dit :

— J'ai soixante-quinze ans, Merlin. Soixante-quinze ans ! Et je viens seulement de comprendre que je ne suis pas immortel. Et ça me fait chier d'une façon que tu n'imagines pas ! Enfin, bon, c'est comme ça… J'arrête mes jérémiades. À ta santé, gamin !

J'ai levé vers lui mon verre encore à moitié plein.

À ta santé, bonhomme.

À tous les jours passés. Au futur qui nous reste.

Au présent, parce que c'est à jamais le seul des temps qui compte.

Le seul qui fait de nous des êtres immortels.

Laurent m'a raconté son histoire en trois tomes et trois femmes. Dans les grandes lignes, bien entendu, parce que pour raconter vraiment soixante-quinze ans de vie dans les moindres détails, il faudrait également soixante-quinze ans de vie.

J'ai beau être un artiste, je suis brillant en maths.

Lolie a été la dernière, l'ultime, dans la vie de Laurent. Je l'ai vue arriver, s'installer, repartir. J'ai été aux premières loges de leur pièce en trois actes (et de multiples scènes).

Lorsque Laurent l'a rencontrée, elle faisait le taxi depuis cinq ans déjà, de jour, de nuit, soirs et week-ends et jours de fête, après des années passées derrière le comptoir du café de son père, à essuyer des verres pour des clients moroses, et des joueurs de loto qui ne gagnaient jamais. Elle a aimé Laurent autant que peut aimer une femme amoureuse. Elle l'aimera toujours, et c'était réciproque, mais il y a eu l'alcool. La foutue dépendance, en maîtresse jalouse, qui lui a laissé de moins en moins de place dans la vie de cet homme qui était tout pour elle. Lolie a résisté, lutté, elle a prévenu Laurent qu'elle s'en irait, s'il ne s'arrêtait pas. Il lui a fait des promesses solubles dans l'alcool.

Elle a fini par s'en aller, avec le sentiment de déserter son poste, de se rendre coupable de haute trahison, quand elle avait seulement choisi le bonheur, et lui non.

Des mois plus tard je lui ai présenté Genaro. Entre eux, la vie a fait le reste.

Avant Lolie, Laurent avait vécu avec une Caroline, et – des siècles plus tôt – il y avait eu Lucie, son tout premier amour. Il avait dix-neuf ans, elle seize. Leur histoire n'avait pas duré bien longtemps, le temps de s'achever sur des serments éternels, le déménagement de la famille de cette fille sur Paris, et son propre départ pour l'armée.

— Si la force d'un amour se mesurait à sa durée, Roméo et Juliette ne seraient jamais passés à la postérité. À l'époque, j'étais trop jeune pour comprendre à quel point Lucie avait compté pour moi. Je ne l'ai réalisé que des années plus tard…

Après le service, dont il était ressorti doté d'un permis poids lourd et d'un brevet d'initiation à l'alcoolisme, comme beaucoup de ses congénères, Laurent avait conduit des camions, vendu des chaussures et des maillots de bain sur les marchés, il avait fait le serveur à Toulouse, et le chevrier dans les Alpes.

— Et puis j'ai rencontré un type fabuleux, monsieur Tonnet, qui m'a pris en apprentissage alors que j'avais plus de vingt-six ans, et je suis devenu ébéniste, comme lui. Ensuite, après mille détours dont je te fais grâce, car je t'en ai déjà parlé, j'ai fini par importer de l'artisanat vietnamien. C'est là que j'ai rencontré Caroline, au cours d'un de mes voyages. On est tombés amoureux. Elle a très vite parlé mariage, vie de famille. Elle voulait que je lui fasse un enfant et moi, ça me terrifiait, je me trouvais trop jeune. Je l'étais. Trop immature, surtout. J'aurais pu y arriver avec Lolie, peut-être, même si j'étais déjà plus âgé que toi aujourd'hui. J'y ai pensé, tu sais. Je crois que j'ai failli. Il vient un moment où ce qu'on a refusé toute sa vie, on se dit que, finalement, on a bien envie de le faire. Tomber amoureux, changer de travail, lire Proust, vivre sous la tente, acheter une moto, fabriquer un gamin qu'on ne verra pas grandir. Tu me comprends, j'en suis sûr. Ça vient souvent sur le tard, souvent même trop tard. Seulement, pour moi, ça avait beau être trop tard, c'était encore trop tôt, tu vois. En fait, je crois que j'aurais fait un bon père d'ici un an ou deux, ou plus, si je n'étais pas si vieux, et si j'avais près de moi une femme qui m'aime. Au jeu des *si*, tu vois, j'ai toujours pris deux longueurs à tout le monde. Je suis le champion du monde en titre des *J'aurais pu, j'aurais dû*… Pour Caroline, tout était toujours simple : j'allais lui faire un bébé, j'assisterais à la naissance, je lui tiendrais la main pendant l'accouchement. Je te parle d'il y a quarante ans, ce n'était pas entré dans les mœurs. Et rien que ça, ce gros écueil : assister à la « délivrance », voir sortir cet alien du corps de ma copine, et pas par n'importe où, par ce jardin secret que j'étais le seul à pouvoir pénétrer, ça me paraissait insupportable. Elle me montrait des photos d'accouchements pour que je sois plus détendu. Ça me donnait envie de gerber.

À force d'atermoiements, de promesses non tenues, de picolage, déjà, l'enfant tant désiré s'était conçu sans lui, avec un autre, après des claquements de portes, des larmes, et le fameux coup de l'appartement qu'on retrouve vide, un beau jour, en rentrant du travail. Penderie désertée, albums de photos pillés, partage inconséquent des souvenirs communs, et petit mot laconique, posé en évidence, « J'ai essayé, ne m'en veux pas ».

Laurent en concevait encore quelques humeurs.

— Tu peux me dire ce que ça signifie, ça : « J'ai essayé » ? Essayé quoi, bordel ?! De me supporter ? De se passer d'enfant ? De ne pas me quitter, de ne plus m'en vouloir ? Pourquoi est-ce qu'elles sont si précises pour nous déballer nos quatre vérités, et tellement floues quand elles nous quittent ? Et ce final grandiose, là : « Ne m'en veux pas » ! Comme si c'était possible ! Comme si on pouvait trouver sa maison vide et ne pas en vouloir à l'autre. Et ne pas s'en vouloir à soi, d'avoir été aussi lâche, aussi con… Si j'avais eu moins peur, à l'époque, j'aurais aujourd'hui un fils ou une fille, qui aurait dans les quarante balais. Et peut-être des petits-enfants. Il y aurait quelqu'un pour venir me voir en maison de retraite, pour regarder mon cercueil partir en salle de chauffe pour le brasier final, quand le jour sera venu. Quelqu'un de ma famille, pour aller disperser mes cendres en bas, dans la Tourzelle, repartir en pleurant, se souvenir de moi…

— J'irai les jeter moi-même dans la Tourzelle, tes cendres, j'ai dit. Et je te promets de pleurer comme un veau sur le chemin du retour, s'il n'y a que ça pour te faire plaisir.

— J'aimerais bien, oui. Au moins jusqu'au portail.

— Eh bien, c'est entendu, on fera comme ça. Maintenant, arrête tes conneries. Et d'une, tu n'es pas mort, et de deux, personne ne t'oubliera, ni tes amis – et ce serait sympa que tu t'en souviennes – ni le reste du monde, je ne crains pas de le dire, vu la portée de mon œuvre. Jim Oregon arpentera à jamais les prairies étoilées, et grâce à lui tu seras immortel.

Il m'a lancé un drôle de regard, comme s'il venait d'avoir une révélation.

Puis il a dit, songeur :

— Je n'avais jamais pensé à ça !…

Je l'avais attendue, l'arrivée du fameux tome XIII. Impatient de le voir, de le sentir. De pouvoir le feuilleter, le placer sur mes étagères, fier comme un artisan qui a fini son boulot.

Impatient surtout de le montrer à Prune et, plus encore, je crois, d'aller le porter à Laurent.

Mais Laurent était mort.

Et l'impatience était retombée. Calme plat.

Non pas que je sois devenu indifférent à mon propre travail mais, depuis le début de la série, non content d'être mon héros, Laurent était mon meilleur juge. Traditionnellement, je courais lui apporter mon premier exemplaire, après l'avoir enluminé d'une dédicace exceptionnelle qui me demandait plus de travail que le tome tout entier (j'exagère un peu, quelquefois, ça fait partie de mon charme et de mon caractère).

Je lui portais mon œuvre comme un chiot rapporte la balle, tout fou, tout bousculé d'émotion en dedans. Je tendais moralement la tête, pour la caresse et le compliment.

Nous sommes nombreux, ainsi, à avoir dans notre entourage quelques personnes indispensables dont le jugement est vital. Un père, une mère, un enfant ou un maître, à qui prouver que l'on a réussi. Une oreille attentive, des mains qui applaudissent, un œil sans concession qui perçoit nos erreurs et nos doutes, qui les pointe en douceur mais sans s'y arrêter. Quelqu'un qui sait nous voir plus grands que nous ne sommes, nous attendre au-delà de nos tâtonnements. Dont le regard nous pousse à devenir meilleurs.

On peut bosser par revanche ou par haine, pour bien montrer qu'on en valait la peine. Chaque ressort est bon, tant qu'il fait rebondir, sans doute. Moi, je préfère travailler pour l'amour. Quand mes albums paraissent, je suis heureux de savoir que cinquante millions de fans – au moins – seront massés aux barrières du Salon de la BD d'Angoulême ou d'ailleurs.

Mais les plus beaux éloges, les plus indispensables, ils venaient de Laurent.

Ils se mesuraient en hochements de tête, en phrases inoubliables, à peine articulées.

— Mon salaud, t'as fait fort !

Laurent avait incarné – il incarnait – pour moi une certaine idée de la liberté, de l'insolence. Il était devenu comme un père spirituel. Un père que j'aurais eu sur le tard.

Et ce vieux Jimmy Bear, son clone de papier, qui arpentait depuis des années les plaines et les canyons, de Backwater à Morons'Lair, ce n'était pas un simple avatar. C'était l'émanation de Laurent vu par moi, une matérialisation insolente de l'amitié qui nous liait l'un à l'autre. En créant le personnage de Jim, j'avais donné au monde entier (et au reste de l'Univers) la possibilité de connaître Laurent, cet ermite noceur, ce Bacchus philosophe.

Mais pas seulement. Jim Oregon avait mes gènes, il faisait partie de moi, je lui avais consacré des années de travail, il me devait la vie et finançait la mienne.

Je n'entendrais plus jamais Laurent rire en tournant les pages, je ne le verrais plus hocher la tête, s'arrêter sur une case et puis lever vers moi son œil moqueur et fier, jeter « Merde, comment tu fais, pour dessiner comme ça ?! ».

Je venais de perdre à la fois mon ami le plus proche, le principal héros de tout mon univers, et mon fan de toujours. Le deuil pèserait lourd. Et je ne l'acceptais pas.

Un héros ne meurt pas avant l'heure, impossible.

Interdiction de disparaître sans l'accord de son créateur. L'inverse s'est déjà vu, un créateur qui meurt en laissant son héros – repris parfois par d'autres, avec plus ou moins de bonheur, comme un enfant casé en famille d'accueil. Mais c'est la loi de la vie depuis que le monde est monde, le parent doit mourir avant que l'enfant ne meure.

Un héros qui s'en va, qui tire sa révérence sans rien demander à personne, c'était insupportable. Cela ouvrait la porte à toutes les inquiétudes. Je n'aurais plus jamais la maîtrise de rien. Et si Prune, elle aussi ?…

Non, envisager cela, ne serait-ce qu'un instant, c'était trop douloureux. Il fallait que je bosse, et vite.

Travailler travaille à l'oubli.
L'oubli fait croire qu'on va mieux.

Trois jours plus tard, Prune est entrée dans l'atelier au moment béni entre tous où j'étais en train d'achever la couleur d'un flamboyant tichodrome échelette *(Tichodroma muraria, ordre des passériformes, famille des sittidés/ill. Merlin Deschamps)*, qui m'avait demandé un travail conséquent. J'étais pas trop mal parvenu à un rendu fidèle de sa magnificence, depuis les taches rouge carmin jusqu'aux larges points blancs subtilement posés sur l'éventail ouvert de ses ailes d'ardoise.

Prune a pris l'habitude de relever le courrier elle-même. C'est devenu à ce point un rite que je n'ai même plus le réflexe d'aller jusqu'à la boîte, les jours où elle n'est pas là.

Elle a posé une enveloppe sur le bord de ma table, avec tant de précautions que j'ai levé la tête, ce que je fais rarement quand je suis au travail.

Elle était toute pâle.

— C'est une lettre de Laurent, elle a dit.

Son nom était écrit au dos, ainsi que mon adresse, d'une écriture que je ne reconnaissais pas.

— Et la factrice a laissé un colis. Je crois que c'est *Jenny Pearl.*

J'ai regardé la lettre. Je me sentais à la fois impatient et anxieux de l'ouvrir.

— Tu veux que je te laisse ? a dit Prune.

— Non, pas la peine, j'ai dit.

— Si, je crois que c'est mieux. Ça te dit, un chocolat chaud ?

Prune sait toujours ce qu'il faut faire, et sait le faire au bon moment.

Je suis allé m'affaler sur le vieux divan, au fond de la pièce. Le cœur brutalement freiné, les mains qui tremblent un peu.

J'ai ouvert l'enveloppe.

À l'intérieur il y en avait une autre qui portait mon prénom, de la main de Laurent cette fois, accompagnée d'une carte de visite en vélin pur coton, de chez *Boyd, Ò Ragallaigh, Mc Dónaill & Co – négociants indépendants en whisky – Bordeaux – Paris – Islay – Cork – London*, sur laquelle était écrit, de cette même écriture que je n'avais pas reconnue, et pour cause :

Je viens d'apprendre la triste nouvelle, j'étais en déplacement, c'est la raison pour laquelle cette lettre vous arrive aussi tard. Je vous attends, à votre convenance. Appelez-moi.

Bien à vous

Gordon Boyd

Mon cher Merlin,

Lorsque tu liras cette lettre… ce sera mauvais signe pour moi.

J'ai beaucoup réfléchi à ce que tu m'as dit il y a quelques jours à propos de Jim Oregon, et de mon immortalité. J'y ai d'autant plus réfléchi que, depuis un moment, comme je te l'ai dit, l'idée de ma propre mort me colle un peu aux semelles, ce qui ne m'était jamais arrivé. Ma sciatique n'a rien à y voir, je te fais grâce de tes sarcasmes. Je me surprends de plus en plus souvent à repenser à mon père, qui s'était mis en tête de faire l'arbre généalogique de toute la famille, peu de temps avant son décès, et à ma grand-mère, morte moins de quinze jours après avoir fini de « mettre ses papiers en ordre ».

Je ne veux pas me porter le chat noir et d'ailleurs, comme le prétend la sagesse populaire, qui dit une vérité pour trente conneries, « faire son testament n'a jamais tué personne ».

Par contre je suis de plus en plus convaincu que, parfois, le corps, l'esprit, ou l'âme – choisis ton camp, camarade ! – essaie de nous prévenir à l'avance qu'il est temps de ranger le foutoir de sa vie.

Je ne suis pas en train de chercher à te révéler bien maladroitement une sale maladie, je n'ai aucun bulletin de santé présidentiel à te communiquer, pas le moindre souci. Je vais bien. En tout cas je le crois, ce qui revient au même. Mais je réalise enfin que ça ne va pas durer, même si ça devait se prolonger encore pendant dix ou quinze ans.

Tant que je suis à peu près lucide, je tenais à te faire savoir mes dernières volontés. Rien ne dit que je serai en état de le faire lorsque le jour viendra.

Ce long et pesant préambule pour te dire ceci :

Je dois te reconnaître un pouvoir que je n'ai pas, que peu de gens possèdent : tu mérites bien ton prénom, Merlin, tu sais changer la vie des gens et, même si je ne te l'ai jamais réellement dit, tu as enchanté la mienne. J'ai adoré me voir parcourir les rues de Backwater, prendre la tête de ces convois stellaires sur les grands quais de Leaving Station à destination des bagnes d'Oblivion, des mines d'Eternal Fog, des terres d'Afield-Field. J'ai aimé les parties de bras de fer avec Jesse Rube Barnes et Fatty Bill, ces maudites racailles de Morons'Lair. Mes cuites mémorables avec Burt Jackal Smith, John Drunkard, Perry Wayne, au saloon de Phoebe. (Quelle foutue garce, celle-là ! Dis-lui qu'elle me manquera quand je n'y serai plus.) J'aimerais pouvoir arpenter pour toujours Blue Lane, Main Street, Lost Children Path, les grandes avenues de Newland, de Heaven, et tous tes paysages de canyons désolés, tes pâturages fertiles semés de bisons noirs, ces montagnes arides et belles, ces torrents, ces forêts que tu dessines toujours si magnifiquement. Je voudrais pouvoir filer, pour l'éternité qui me reste, aux commandes de mon vieux Lizard qui commence à se déglinguer.

J'ai adoré ce supplément de vie dont tu m'as fait cadeau, ce don d'ubiquité qui m'a permis de passer d'une vie à l'autre, sans bouger de mon fauteuil. Tu as fait de moi un héros, ce que bien peu de gens ont l'occasion de vivre.

Ma vie de Laurent ne me manquera pas beaucoup, je crois en avoir fait le tour. La vie de Jim Oregon, par contre, je ne te cache pas que ça m'ennuie vraiment de devoir la quitter. Seulement, même si Jim devait vivre des années après moi, même si tu avais envie de poursuivre l'aventure, à supposer que tu n'en aies pas marre de dessiner ma vieille gueule, il faudra bien qu'un jour tout cela s'arrête, puisque toi, tu t'arrêteras.

Toute histoire se termine avec un point final. Ce point, je voudrais être sûr que c'est toi qui le mettras. Je ne veux pas rester comme un passe-muraille, coincé entre deux vies dans l'épaisseur d'un mur. Je ne voudrais pas non plus que ta propre fin – que je souhaite lointaine – te surprenne en plein travail, au risque de laisser l'histoire inachevée, ou reprise par je ne sais quel incapable qui n'y connaîtrait rien en whisky écossais.

Aussi, par la présente, je te demande solennellement d'être mon « exécuteur » testamentaire. J'espère que tu apprécieras l'humour.

Toi seul décideras de l'heure, du lieu, des circonstances, en toute liberté et toute indépendance, puisque tu es mon créateur. Mais, quelle que soit ma fin, fais-moi une belle mort, applique-toi au travail, s'il te plaît, ne bâcle pas mes dernières paroles, comme tu as un peu trop l'habitude de le faire, avec mes répliques à la con.

Je voudrais surtout te demander quelque chose, Merlin, et c'est le véritable objet de ma lettre, alors tu serais bien inspiré de ne pas te foutre de ma gueule.

J'aimerais que Jim réussisse dans sa vie ce que j'ai le mieux raté dans la mienne : qu'il y ait, quelque part dans tes mondes inventés, une femme amoureuse qui le pleure. Avant qu'il ne casse sa pipe tout seul, ou ne se fasse buter, et si tu n'es pas devenu trop gâteux entre-temps, j'aimerais que, grâce à toi, Jim rencontre une femme. Une qui resterait près de lui jusqu'au bout. Et belle, s'il te plaît, si ce n'est pas trop demander. Je sais que tu feras ça très bien.

C'est le genre de service qu'on peut demander à un ami. D'ailleurs, si tu as de la mémoire, tu te souviendras à ce propos que tu connais Prune grâce à moi…

Je te laisse avec ta conscience. Tu accepteras ou pas, tu feras comme tu veux. De toute façon, là où je serai « lorsque tu liras cette lettre », tout ça n'aura plus beaucoup d'importance. Quelle que soit ta décision, je serai en train de boire un coup chez ma copine Phoebe, en compagnie de mon autre moi-même, ce bon vieux Jimmy Bear, une pute sur les genoux, un whisky dans mon verre, et une main gagnante au poker.

À propos de ma mort, connaissant Tante Foune, je me doute que si je devais m'en aller avant elle (ce qui serait une grande injustice), elle viendrait faire une fouille en règle à la maison, avec son crétin de neveu. S'ils devaient mourir étouffés, ces deux-là, ce ne serait pas par les scrupules. J'espère que tu auras le temps de les prendre de court, même si je n'y crois guère. Dans le tiroir de mon bureau, j'ai laissé à ton intention une enveloppe à ton nom. Elle contient mes indications pour les ultimes détails pratiques. Tu les connais déjà mais je te les répète : ni fleurs, ni couronnes, ni enterrement religieux. Une crémation en petit comité, et qu'un bon coup de vent et des amis sincères me dispersent dans la Tourzelle, c'est tout ce que je veux. Je te laisse également, dans la même enveloppe, une somme substantielle destinée à couvrir largement les frais de crémation et à vous offrir un restau mémorable, à Genaro, Lolie et Prune, et toi, l'ami.

J'ai prévu large. Fêtez bien mon départ, et riez, s'il vous plaît. Les morts ne sont pas tristes, il n'y a pas de raison que les vivants le soient.

En parlant de boire, et connaissant Mathias, j'ai choisi il y a quelque temps déjà de mettre en lieu sûr les meilleures bouteilles de ma cave, mis à part quelques diamants dont je compte bien admirer les facettes avec toi, dans les mois ou années à venir qui me restent.

Les cent cinquante bouteilles qui te sont destinées seront chez Gordon Boyd, chez qui je me fournis depuis plus de vingt ans (il te donnera son adresse). Tu verras, c'est du lourd.

Gordon a pour mission de t'envoyer ma lettre lorsque le jour sera venu.

Profitez-en pour boire à ma santé posthume, quand tu iras chez lui. C'est un sacré gaillard, qui mériterait une place dans un de tes volumes, je regrette de n'avoir jamais pensé à te le présenter, je me promets de le faire bientôt.

Offre-lui de ma part une bouteille prise sur ton héritage. Je sais que ton choix sera le bon, car tu as été à bonne école. Et tu as peu de risques de te tromper, c'est une très bonne sélection.

N'aie pas trop de chagrin de me voir m'en aller et, si c'était le cas, pense à ce vieil adage, que tu m'as si souvent entendu répéter – sans jamais le comprendre, vu ton niveau misérable en anglais –, « What whiskey will not cure, there is no cure for ».

Autrement dit : « Ce que le whisky ne soigne pas, rien d'autre ne peut le guérir. »

Je te remercie pour tout, j'ai aimé te connaître.
« Soigne-toi » bien, surtout,
Je t'embrasse

Laurent

Je suis allé dans la cuisine.

Prune était assise devant un chocolat incroyablement mousseux, comme elle seule sait le faire. Le mien restait au chaud dans la chocolatière, près de mon vieux bol campagnard à carreaux, presque aussi grand qu'une soupière.

À côté de lui, le carton de livres envoyé par mon éditeur.

Prune a plissé les yeux en me dévisageant. Une expression qu'elle a lorsqu'elle se sent inquiète, qui donne l'impression qu'elle m'aperçoit de loin, qu'elle hésite à me reconnaître.

Elle a brossé ses cheveux en arrière, de ses doigts écartés, autre signe de nervosité.

J'ai jeté la lettre sur la table, d'un mouvement plus vif que je ne l'aurais voulu.

J'ai ouvert le carton, j'ai respiré un grand coup, j'ai sorti doucement un des volumes, au papier encore imprégné de cette odeur si caractéristique des livres fraîchement imprimés.

Je savais que ça ferait mal.

Jim Oregon est assis sur un banc,
sur le quai de Leaving Station, mains croisées,
coudes sur les genoux, emmitouflé dans son manteau.
L'ombre portée de son Stetson dissimule ses yeux.
Il tourne la tête en direction du train spatial qui arrive,
encore loin, dans le ciel étoilé.
À terre, enchaînés les uns aux autres,
une quinzaine de bagnards au milieu desquels la rousse
et belle Jenny Pearl.
À l'horizon, le vent de sable noir se lève.
Sur les murs de Leaving Station,
de vieilles affiches déchirées semblent battre au vent.
L'une d'elles est un avis de recherche
pour Lenny « Bass Clef » Peterson, dit le Chanteur.

Laurent avait beaucoup aimé cette couverture, sur laquelle il se trouvait un air de vieux héros sur le retour. Il avait adoré le traitement du paysage, la station déserte, ou presque, et battue par les vents, le ciel noir d'encre dans lequel le fourgon stellaire ressemblait à un caillot de sang, les sombres nuées d'une tempête de sable s'amoncelant en harde furieuse au pied des Dark Mountains. Il avait regardé la planche originale, avec cette attention qu'il accordait toujours à mon travail. Il avait dit :

— C'est dingue, on croit sentir la poussière d'ici…

À présent, je tournais et retournais le volume entre mes mains, incapable de l'ouvrir, incapable d'affronter tous ces portraits de Jim, gros plans et silhouettes, que Laurent avait détaillés, critiqués, appréciés.

Prune, sans me demander mon avis – mais elle connaissait ma réponse –, lisait sa lettre, debout près de la fenêtre, une main crispée sur l'écharpe de laine qu'elle ne quittait plus depuis les premiers froids.

Je la regardais et je voyais Phoebe.

La cuisine devenait son saloon, se remplissait de tables et de chaises. Ici, le grand comptoir de bois et de laiton. Alignés en dessous, les crachoirs en étain. Derrière, les étagères encombrées de bouteilles et de verres. Le plancher recouvert de sciure. Le piano. Au-dessus des tables, les lampes à huile. L'escalier, la galerie qui donne sur les chambres des filles qu'on entend rire avec la clientèle. Les affiches sur les murs.

La porte du saloon grince faiblement,
bousculée par le vent qui se lève.
Par delà, le saule et le tilleul se changent en cactus,
les herbes et les buissons se délitent en sable.
Les Dark Mountains soulèvent l'horizon,
le ciel clair s'assombrit, il perd son atmosphère,
il devient un lac noir qui ne reflète rien.

— Qu'est-ce que tu comptes faire ? a demandé Prune, en s'essuyant les yeux du revers de la main.

— Je ne sais pas, j'ai dit.

Pleurer, peut-être bien.

Je n'ai jamais pu bosser sous la contrainte, je ne peux même pas l'imaginer.

Si je devais tenir compte de la lettre de Laurent – et j'en tiendrais forcément compte, comment faire autrement ? – j'allais perdre cette chose essentielle qui me permet de continuer, depuis des années, d'un album l'autre : ne jamais savoir où je vais.

J'étais touché de sa confiance, mais angoissé par sa demande. En colère même, d'une certaine façon, car Laurent me connaissait, merde ! depuis le temps.

Il savait comment j'aborde chaque nouveau tome, dans une disponibilité totale, et l'inquiétude dévorante qui doit aller avec. Le plaisir de commencer l'aventure, la peur de ne pas savoir comment la terminer. Ce besoin d'être mordu au ventre par l'angoisse de l'échec, pour pouvoir avancer, de ne rien savoir de ce qui va s'écrire, afin de le découvrir planche après planche, mot après mot. C'est l'incertitude même, ce voyage sans repères, à tâtons, qui me donne l'envie de poursuivre, d'aboutir. Comment avait-il pu l'oublier, et me demander une chose pareille ?

Laurent ne me laissait pas le choix, à partir de maintenant, il tiendrait ma main, guiderait le crayon, se pencherait par-dessus mon épaule.

Il avait dû savoir, en écrivant sa lettre, que je ferais tout pour m'acquitter d'une demande qu'il n'avait jamais formulée, et de laquelle sa mort m'interdisait de me défausser.

Par amitié, j'essaierais de le faire.

Par amitié, je risquais de m'y perdre et de m'y enliser.

Je n'avais plus le loisir d'arrêter la série aujourd'hui même, si je l'avais voulu. Pire, il me dictait la trame d'un prochain scénario, en m'imposant une rencontre amoureuse. Pour un autre type de héros, ç'aurait été une simple anecdote. Mais ce bon vieux Jimmy Bear était un misanthrope, un sauvage, on ne l'avait pas surnommé l'Ours pour rien. En treize volumes, pas une seule femme n'avait réussi à attirer son attention.

Et pour cause : Jim Oregon était *ma* créature. J'avais méthodiquement éludé toutes les complications, tout ce qui pouvait se rapporter aux sentiments, au couple, à la famille.

Je l'avais gratifié de quelques baisers fougueux et de caresses suggérées dans des entrebâillements de portes, avec l'une ou l'autre des filles qui bossaient pour Phoebe, mais rien de sentimental, il n'était pas client.

J'avais élagué son chemin (et le mien) à grands coups de machette, pour lui laisser le champ libre et me faciliter la tâche. Jim était un homme simple, donc sa vie devait l'être.

J'aimais le voir s'embarquer sur son Lizard, seul aux commandes de ce vieux zinc qui faisait de l'huile et perdait ses boulons, prêt à tous les combats, à tous les héroïsmes.

Jim Oregon était un solitaire, c'était mon choix. J'avais tout fait pour ça.

J'avais choisi pour lui une vie de feux de camp dans le froid de la nuit, enroulé dans sa couverture. Des traversées de déserts arides, de montagnes enneigées, de vide interstellaire. Des soûleries dans les saloons, des parties de poker qui finissaient toujours mal.

Pas du comptage de fleurette, de la romance, une femme, des gosses. Et pourquoi pas les courses en fin de semaine, au magasin Général ? Et la retraite, tant qu'à y être ?

Je ne voyais pas comment changer la donne, et je n'en avais pas envie. Tout en marchant de long en large devant le poêle, à grands pas, j'expliquais mon point de vue à Prune, en parlant de plus en plus fort, d'un air tellement farouche et si déterminé que Cirrhose, qui avait envisagé un instant de me larder les chevilles au passage, s'était prudemment ravisée, et avait rengainé ses lames dans leurs fourreaux.

Prune m'a écouté, sans faire d'objection, sans me donner de conseil.

Puis une fois entendus les divers arguments, elle a simplement dit :

— Donne-toi le temps d'y penser.

Prune est persuadée que le temps est un allié. Elle croit qu'en s'écoulant, il arrange les choses. Tout devrait lui prouver le contraire, à commencer par nous, pauvres humains. Nous vieillissons. Nous finissons.

Et les étoiles meurent. Les montagnes s'érodent. Les fleuves se tarissent.

Mais j'ai beau lui énumérer tout ce que le temps détruit, elle m'opposera que le printemps revient, que les arbres refleurissent, et que nous nous sommes rencontrés au mitan de nos vies.

La peste soit des gens qui voient la vie en rose.

La nuit suivante, je me suis réveillé en sursaut, avec un sentiment d'angoisse épouvantable, et la vague impression d'avoir rêvé de Prune.

Elle dormait près de moi, paisible, les lèvres un peu boudeuses, avec cette petite moue qui lui donne douze ans, l'expression adoucie par quelques cheveux blancs, ce visage émouvant, étrange, entre deux rives, dans lequel je distingue parfois l'enfant qu'elle a été, parfois la dame âgée qu'elle deviendra peut-être.

Je me suis assis, en sueur, le cœur en équilibre instable, incapable de comprendre d'où venait ma terreur. Et ça m'est revenu. Wild Oregon.

Si j'arrêtais la série – et à moins de reprendre son personnage ailleurs, ce que je n'avais pas l'intention de faire –, Phoebe Plum cesserait d'exister. C'était hors de question.

Créer Phoebe, c'est la plus jolie façon que j'avais pu trouver de ne jamais quitter Prune, de ne jamais en être totalement séparé, de la garder sous ma main, sous ma plume, qu'elle soit d'accord ou non, en amoureux possessif, exclusif, que je suis.

J'avais cru être libre, mais je n'avais réussi qu'en étant soutenu, épaulé. Porté même.

Je n'avançais qu'en tenant la main de mon meilleur ami et de la femme que j'aime.

Quand je partais affronter les déserts, les montagnes, les canyons, alors même que j'étais embarqué dans ma grande solitude de créateur perdu en pleine création (je n'empêche personne de verser une larme), lorsque je n'y étais plus pour personne, même pour elle, Prune était encore là. Ma muse, mon aire d'envol, ma planche de salut.

CHAMP DE MINES

Dans lequel, en creusant, on risque d'exhumer :
Une intervention de police, des funérailles nationales,
une remise de prix Nobel, un entretien d'embauche,
un meurtre abominable.

Les morts ne sont pas tristes, il n'y a pas de raison que les vivants le soient.

Laurent
in Dernières volontés

Les soucis d'un artiste sont sûrement communs à bien d'autres métiers, même si notre narcissisme voudrait nous faire croire que nous sommes sans doute un petit peu plus uniques, un petit peu plus fragiles, beaucoup plus incompris que la moyenne des gens.

Besoin de reconnaissance, crainte du lendemain, et doutes sur nos compétences, voilà notre pain quotidien.

Pour espérer être entendu, un créateur ne peut sereinement épancher ses angoisses – c'est-à-dire s'y étendre longuement en geignant, avec la pire des complaisances – qu'auprès d'un autre créateur, d'un bon copain libraire, voire de son éditeur, ou même d'un imprimeur en cas d'extrême urgence.

Il en est sûrement ainsi de chaque garagiste, chirurgien, ou livreur. Il arrive un moment où la confrérie, seule, peut prêter une oreille usinée comme il faut pour recevoir nos craintes et nos questionnements. On ne peut parler chiffons qu'avec un chiffonnier.

Prune me connaît, elle m'aime, elle me soutient, et c'est déjà du luxe car je ne suis pas simple, mais ce que m'avait demandé Laurent dans sa lettre venait de me plonger dans un trouble si profond qu'elle ne pourrait l'appréhender, quels que soient ses efforts et sa bonne volonté. Et j'avais besoin d'en parler.

Je ne me souviens pas de m'être jamais confié à Alice, la directrice artistique des éditions Nature. Mais il est vrai que j'éprouve rarement de convulsions intimes à propos d'un passéridé ou de tout autre oiseau dit *« en groupe systématique »*. Avec les arachnides, insectes, et autres crustacés, pas davantage. Je gère. Je fournis de la plume, du rostre ou de l'élytre à la demande, sans aucun état d'âme. Pour une raison évidente : lorsque j'illustre une encyclopédie, je suis un interprète, comme le serait le musicien dans la fosse de l'orchestre, ou le chanteur sur le plateau. Je fais au mieux de ma technique et de ma sensibilité, je m'y engage de toute ma force, mais la partition que j'exécute n'est pas de ma responsabilité. La tâche qui m'incombe – et qui n'est pas des moindres – en tant que documentariste, c'est de retransmettre le plus fidèlement possible la perfection d'une œuvre écrite par un autre.

Le Monde, en l'occurrence, qui connaît son métier.

Par contre, lorsque je suis à la fois scénariste *et* illustrateur, le temps se gâte. Je suis frappé au cœur par des rages de doutes, des crises inflammatoires qui activent la trouille, le sentiment pressant d'un échec potentiel, la peur de ne jamais, jamais, pouvoir finir.

J'emmerde tout le monde, à commencer par Prune. Je gémis et me plains comme un vieux chien battu, je me lamente sur mes faiblesses qui m'empêcheront, c'est sûr, d'arriver jusqu'au point final. Ou bien si, contre toute attente, je parvenais à terminer mon œuvre malgré tout, je prévois déjà de n'accoucher que d'un travail médiocre, qui tomberait des mains de lecteurs endormis. Car je suis illégitime, je n'ai aucun talent, j'ai été publié par hasard, c'est certain.

Le jour où Philippe, l'éditeur de Wild Oregon, comprendra enfin que je suis un imposteur, il cessera de me publier et je me suiciderai en buvant mon encre de Chine.

Bref, je m'immole dix fois par jour sans aucune pudeur, je m'afflige de mes limites, je me frappe la poitrine et me couvre de cendres, et la seule chose qui me rassure c'est que mes confrères et consœurs – mis à part quelques prétentieux – semblent atteints du même mal.

Lors de l'écriture d'un de mes albums précédents, alors que je me sentais – comme souvent – réduit à l'état de vermisseau indigne, Laurent m'avait raconté une anecdote utile en période de dépression : à la veille d'une première, une jeune actrice avait déclaré à Sarah Bernhardt qu'elle n'avait jamais su ce que c'était que le trac. Ce à quoi Sarah Bernhardt lui avait répondu : « Ne vous inquiétez pas, cela viendra avec le talent. »

J'avais remercié Laurent pour cette belle formule, et j'avais essayé d'apprivoiser mes peurs, de les tenir en laisse.

Seulement, là… pas moyen.

Je pourrais appeler Philippe, il me publie depuis dix-neuf ans. Mais que lui dire ?

— Salut Philippe, je voulais te prévenir que, suite au décès de mon pote Laurent qui m'avait inspiré le personnage de Jim, je vais arrêter Wild. Mais avant, je dois marier Jim. Pas le choix, c'est sur son testament.

J'entends déjà sa réponse :

— Ça va pas, non ? Tu es malade ?

Philippe et moi n'entretenons pas des rapports auteur-éditeur classiques.

Non seulement il ne me brosse jamais dans le bon sens du poil, mais il a une fâcheuse tendance à m'envoyer bouler lorsque je suis en crise. Je ne m'y trompe pas, je sais qu'il m'aime bien. Seulement il fait partie de cette race de gens génétiquement croisés avec des légionnaires, qui supposent (à tort) qu'en engueulant ses troupes on les fera marcher plus vite, et plus longtemps.

L'éditeur, en treillis militaire,
jumelles vissées sur les yeux,
surveille la difficile avancée du manuscrit
depuis son poste de commandement.
À plat ventre dans la boue,
au beau milieu d'un champ de mines (de crayons),
l'artiste (moi), en larmes, rampe au milieu des décombres
de sa gloire pour tenter de sauver
ce qui lui reste d'inspiration.
L'éditeur hurle dans son talkie-walkie :
« Tyran à Branleur ! Tyran à Branleur !
Vous en êtes où ? Ça avance ?

Vous en êtes où, bordel ? Donnez votre position !
Ça avance, oui ou merde ? À vous ! »

— Oui, oui, ça avance, pas de problème, je t'assure.

— Ah, tant mieux, c'est parfait. Tu penses que tu vas pouvoir m'envoyer quelque chose d'ici combien de temps ?

— Bhaaaa…

— Parce que je t'ai mis au budget de la rentrée prochaine. Je te l'avais dit, non ? Mais bon, tu as le temps, il te reste trois mois.

— Aaaah… rrr… ggg…

— Qu'est-ce que tu dis ? Je t'entends loin !

— Non, rien, je disais juste « C'est super ». Tu m'excuses, je te laisse, je dois aller vomir dans ma salle de bains.

Non, Philippe n'est pas la bonne épaule sur laquelle pleurer. Il vaut mieux que je parle à un autre moi-même…

Luc ! Voilà un bon choix. Nous avons le même âge, nous nous sommes retrouvés maintes fois enchaînés sur les bancs des mêmes galères, dans des salons du livre qui n'avaient aucune chance d'être référencés au Guide Michelin. Nous sommes publiés chez de bons éditeurs (le fait qu'ils nous publient le prouve). Luc mène haut la main deux séries à succès, *La Junte* et *Cormoran*, qui a fait sa fortune, puisqu'il a de l'eau chaude dans son appartement.

Luc comprendra, j'en suis certain. Il sait tout aussi bien que moi ce que signifie s'attacher au héros, il sait les liens qu'on tisse avec les personnages et la peine qu'il y a à devoir les quitter.

S'il devait tuer Cormoran, il en mourrait, ou presque.

Je vais tout lui expliquer. Je vais lui dire que – toutes proportions gardées, par un reste de décence – je me sens comme un réfugié sans refuge, seul et nu dans la nuit, devant une barrière de frontière fermée.

— Tu ne dors pas ? marmonne Prune.

Elle me tire doucement vers elle pour que je me recouche, puis vient se coller à moi pour me faire des câlins.

L'illustrateur va mal, mais l'amoureux va bien.

J'ai appelé Luc, en pure perte. J'ai été obligé de ravaler mes larmes. Je devrai aller me faire plaindre ailleurs : cet enfoiré vient tout juste de partir pour quatre mois en Australie, gracieusement invité dans une résidence d'auteur.

Un plan génial, de ceux dont je n'entends parler que lorsqu'ils sont grillés, ou lorsque j'ai la grippe ou un pied dans le plâtre. C'est sa compagne, Marja, très charmante Croate, qui m'a appris l'heureuse nouvelle.

Je lui ai dit que je détestais Luc, que je le vouais aux gémonies (l'escalier romain, donc, dont je me promettais de cirer les marches). Je l'ai prévenue que j'allais marabouter de ce pas toutes les photos de Luc collées dans mes albums, avec des aiguilles infectées à la salive de chat sauvage. Placide, elle m'a promis de transmettre le message.

Le téléphone étant encore chaud, j'ai failli me laisser aller à appeler Philippe, malgré tout.

Et puis je me suis dit, dans un brusque sursaut de fierté, que le monde n'avait pas à tenter de résoudre mes problèmes à ma place, et qu'à bientôt cinquante-huit ans – et même si je ne les fais pas – je devrais arriver à survivre par moi-même.

Cirrhose me regardait avec circonspection, mystérieux petit sphinx, diablotin familier.

Je me suis accroupi, je l'ai appelée, doucement, en tapotant le sol du bout des doigts, comme le faisait Laurent : « Ttss-Ttss ! Viens là, crevure ! Viens là, saloperie ! » Elle a frémi de l'oreille, elle a posé sur moi un regard un peu songeur. Puis, à ma grande surprise, elle s'est levée, elle a fait trois pas hésitants dans ma direction, puis trois autres. Elle s'est laissée tomber lourdement sur le flanc, a roulé sur le dos, m'offrant lascivement le pelage doux et noir de son ventre, ses huit tétines sagement boutonnées comme sur une veste d'officier.

J'ai osé une caresse. Elle a eu un tressaillement, un roucoulement confiant qui paraissait plein de promesses, elle a fermé ses beaux yeux verts. Je me suis enhardi.

Et je me suis retrouvé la main droite en charpie.

Je connais la lettre de Laurent par cœur, je pourrais la réciter sans manquer une virgule, ou presque. Ça ne m'aide pas vraiment.

Que faire de mon vieux Jim ? Quelle histoire d'amour lui inventer ? Et comment mettre un point final à cette saga qui dure depuis treize volumes ? À quel moment l'achever, de quelle façon le faire ? Une mort violente ? Inattendue ? Le résultat d'une vengeance ?

J'ai l'impression de planifier son meurtre comme un tueur à gages.

Je n'ai jamais aimé les gages, on n'en gagne que lorsqu'on perd.

Mon crime n'existe pas dans le Code civil. C'est un crime quand même.

Je vais inaugurer un genre de délit qui n'était pas encore dans les annales, je serai le premier auteur de série qui s'est mis en devoir de buter tous ses héros. Je serai coupable de meurtres. Et même d'assassinats, au vu de ma préméditation.

Mes victimes seront innombrables, ce sera un carnage car, outre cet ami que je vais exécuter, Phoebe, les seconds rôles et tous les figurants, il y aura prochainement des centaines de millions[1] de lecteurs endeuillés.

Sans parler de mon éditeur, qui refusera de me parler.

1. Je ne suis pas certain du chiffre.

Toi seul décideras de l'heure, du lieu, des circonstances...

J'ai punaisé cette phrase biblique sur mon mur.

Laurent, déguisé en Moïse,
brandit à l'intention de l'Artiste (moi),
les Tables de la Loi, recouvertes de miettes
et de peaux de saucisson comme
une table de pique-nique.
On peut y lire, en lettres de feu :
« Toi seul décideras ».

Tu parles.

Je me sens à peu près aussi libre qu'une chenille punie, mise au confinement dans son cocon de soie. Je l'ai dit à Prune, hier soir. Elle m'a ébouriffé la tête – le genre de câlin qu'on fait à son caniche – et elle m'a répondu d'un air décontracté :

— Mais c'est très bien, ça, un cocon ! Tu vas devenir un papillon superbe, je sens ça.

Autrement dit, après une claustration forcée de plusieurs semaines, je pourrai ouvrir mes ailes pendant deux ou trois jours et me la péter grave, le temps pour moi de me faire gober par un guêpier *(Merops apiaster, ordre des coraciiformes, famille des méropidés/ill. Merlin Deschamps)*, qui est par ailleurs un des plus beaux oiseaux d'Europe et l'un de mes préférés.

C'est tout ce qu'elle prévoit comme avenir pour moi, ma douce et tendre ? Rester cloîtré dans mon atelier le temps de trouver une solution au problème épineux qui m'occupe, puis travailler dessus des jours et mois durant et, enfin, offrir aux yeux du monde émerveillé une ultime BD de Wild, dont le point final signerait ma mort ?

Car plus j'y réfléchis et plus je m'en convaincs, la fin de Wild Oregon sera aussi la mienne.

Il y a les hommes d'un seul amour, je suis l'auteur d'un seul héros.

Avant d'aller dormir, j'ai pris le temps de me remettre le Nobel de la BD. Je ne l'avais pas reçu depuis au moins six mois. C'est un exercice très utile, au niveau de l'estime de soi. Je l'ai pratiqué longtemps devant la glace mais ce n'est pas indispensable, même si je le conseille à tous les débutants.

J'ai désormais atteint un degré de maîtrise qui me permet de faire ça quasiment n'importe où, au volant, dans le jardin, ou même dans la salle de bains, ce qui était justement le cas.

J'ai commencé par répondre aux questions pressantes de quelques reporters, dans le crépitement des flashes. Comme je suis resté très simple, j'ai laissé au président du jury le soin de citer les nombreux prix et distinctions qui ont jalonné mon parcours prestigieux. Puis j'ai pris la parole.

Même si je change régulièrement ma façon d'aborder cette remise de prix, la trame de fond tourne souvent autour de ce thème mille fois rebattu par de nombreux artistes, les fameux « Remerciements à toute ma famille, sans laquelle, jamais… ».

C'était un beau moment d'émotion retenue qui m'a permis d'évoquer – avec la dignité qui me caractérise – mon enfance modeste, mes parents travaillant comme des forcenés pour assurer notre maigre pitance. Ma mère, cireuse de précision sur toile cirée au mètre, mon père, tondeur de pangolins au parc animalier, mon frère, tireur au flanc à l'usine Flambourcy, ma sœur, faiseuse d'embrouilles au détail et en gros. Et moi, jeune rêveur, griffonnant au dos des factures impayées et des avis de saisie quelques reproductions de Renoir ou du Greco, avec mes feutres de couleur. Petit Mozart du Stabilo.

J'ai parlé des dimanches en famille pendant lesquels nous pensions tous ensemble au lundi.

De mes devoirs, sur un coin de la nappe cirée – avec soin – par ma mère. Des bandes dessinées que je volais feuille à feuille au libraire du coin, grâce au cutter rouillé que je gardais dans ma poche. Cette adolescence marquée à tout jamais par ces fragments d'histoires dont je n'ai jamais su la fin car, soit le libraire – qui ne s'était rendu compte de rien – vendait l'album sur lequel j'avais déjà prélevé quelques pages, soit il s'apercevait de la déprédation et, croyant naïvement à un défaut de l'album, le retournait à l'éditeur qui, peu compréhensif, refusait de le lui reprendre.

Et, peut-être – ai-je dit à l'intention du public fasciné – oui, tout bien considéré, peut-être devais-je à ces quelques larcins d'avoir cherché, plus tard, à inventer moi-même des histoires que je pourrais lire jusqu'au bout.

J'ai enchaîné avec pudeur sur mon adolescence morose dans ce quartier de centre-ville peu propice à la rêverie, avec ses épiceries, ses cafés enfumés, son libraire en faillite.

J'ai dit des choses assez belles, je trouve.

Surtout lorsque j'ai raconté la naissance de Jim Oregon et de cette série qui avait, il fallait bien le dire, révolutionné le huitième art. Un héros né de croquis rapides jetés négligemment dans un coin de mon carnet, après avoir fait la connaissance de ce voisin qui allait devenir mon ami, mon père spirituel, et mon professeur émérite en whisky.

J'ai raconté quel beau personnage c'était, dans la vraie vie, mon vieil ami Laurent, et un silence recueilli est tombé sur la salle. J'ai expliqué, enfin, les véritables raisons qui m'avaient poussé à arrêter une série mondialement connue au niveau francophone, au risque de ne plus vivre qu'avec mes pauvres droits de documentariste. Ce respect de la promesse à tenir, et cet éblouissant hommage en forme de point final, au mépris de mon niveau de vie.

J'ai entendu des sanglots étouffés çà et là, puis, quand je me suis tu, le public, ému aux larmes, s'est levé comme un seul homme en scandant mon prénom, dans une poignante standing ovation.

J'ai remercié de quelques mots délicats et choisis.

— Ça va, mon cabotin ? a dit Prune, en passant derrière moi.

Damnation.

J'avais encore parlé à haute voix.

Ce matin, le téléphone a sonné à cinq heures trente.

Coups de pieds de Prune, retraite précipitée dans la cuisine, enfilage de pull et de caleçon, feu dans le poêle, café, tentative de griffure de Cirrhose – avortée –, tout en faisant la conversation à l'Oncle. La routine.

L'Oncle Albert m'a demandé, comme à son habitude, s'il ne me dérangeait pas. Je lui ai répondu que non, ce qui n'était même pas faux. Grâce à lui, je crois que je commence à apprécier les réveils à l'aurore, et les matinées de travail productif qui s'ensuivent, parfois.

— Tant mieux, tant mieux, a repris l'Oncle Albert. Je craignais que tu ne sois encore à la pêche.

— J'en reviens à l'instant, j'ai dit.

— Ah, bien ! Très bien ! Et alors ? Tu as fait de belles prises ?

— Deux bars, une lamproie et un petit espadon.

— Remarquable ! a dit l'Oncle, qui ne fait visiblement pas la différence entre poissons de rivières et pêche en haute mer.

Puis il m'a demandé à voix basse si nous pouvions parler librement.

Il a perdu à ce point l'habitude de dire ce qu'il pense, depuis qu'il vit avec le KGB, qu'il ne lui vient même plus à l'idée qu'on puisse s'exprimer sans crainte.

— Prune dort encore, j'ai dit.

— Oh, je suis confus ! J'espère que je ne l'ai pas réveillée ? Si c'était le cas, j'en serais mortifié.

J'ai dit à l'Oncle Albert que le sommeil de Prune avait été conçu aux normes parasismiques, et que rien ne pourrait l'en tirer si elle ne l'avait pas elle-même décidé.

— Tu m'en vois rassuré. Bien. Voilà… Je t'appelle parce que j'ai quelques soucis, dont je suis désolé à l'avance d'avoir à t'entretenir.

— Je t'en prie, Albert. Je t'écoute.

— Merci. Vois-tu, je ne sais pas bien comment t'expliquer la situation, je crains que tu ne me juges, et ne la trouves choquante.

L'Oncle Albert et moi n'ayant pas la même échelle de valeurs d'une façon générale, et sur les sujets scabreux en particulier, je ne m'inquiétais pas trop du choc qu'il pourrait me causer.

— Je ne sais pas comment te le dire… Enfin… J'ai décidé de me séparer de Tante.

Je suis resté sans voix. J'hésitais entre compatir et le féliciter, lorsqu'il a repris :

— Pendant des années je me suis dit à moi-même qu'il fallait accepter l'échec de ce mariage, qu'il était trop tard pour changer quoi que ce soit à nos vies, et que nous tirerions jusqu'au bout la charrue.

— Il n'est jamais trop tard ! j'ai dit, machinalement.

— Exactement, Merlin, et la vie me le prouve.

— Oh oh !… Aurais-tu rencontré quelqu'un, vil séducteur ? j'ai dit, en riant.

C'était sorti malgré moi. La bonne blague.

Mais l'Oncle Albert a répondu, sans se formaliser de mon ton impertinent :

— Oui, aussi surprenant que cela puisse paraître, j'ai rencontré il y a peu une femme délicieuse, avec qui je m'entends à merveille.

Il a toussoté, puis repris :

— Nous avons mille points communs. Et, vois-tu, son âge est en rapport avec le mien, ce qui est un atout supplémentaire lorsque l'on s'achemine, ainsi que je le fais, vers ses quatre-vingt-quatorze ans.

Sachant que la Tante Foune en avait quatre-vingt-trois, la briseuse de ménage devait être dans la prime jeunesse, soixante-dix ans à peine, peut-être même moins.

J'ai posé la question à l'Oncle.

— Edmée a quatre-vingt-douze ans, nous sommes de la même génération. Tante et moi avons onze ans d'écart, ce n'était pas raisonnable, je m'en suis aperçu bien tard. Elle est beaucoup trop jeune pour moi. Sans doute est-ce pour cela qu'elle est parfois tellement… capricieuse.

— Personnellement, je lui aurais trouvé d'autres qualificatifs…

— Je peux le concevoir. Enfin… Edmée est ravissante, agréable, enjouée. Un vrai petit soleil, venu illuminer mon morne crépuscule. Et – c'est très amusant, tu vas voir – figure-toi que nous étions affiliés au même club de grammaire sans jamais avoir eu l'occasion de nous y rencontrer. C'est chose faite depuis le mois dernier, à l'occasion d'un petit raout organisé par notre association. Nous avons eu un coup de foudre. Nous nous sommes avoué nos sentiments il y a trois jours, et nous avons décidé avant-hier de tenter l'aventure d'un avenir commun. Edmée a la chance d'être veuve... Oh, qu'est-ce que je viens de dire !... Quelle honte, Merlin. Faut-il que je sois tourneboulé ! Toujours est-il que j'ai hâte de vous la présenter. Sur ce, je vais te laisser, je t'ai assez dérangé, mon cher Merlin. Je t'embrasse.

— Je t'en prie. Moi aussi. Mais... Eh, attends !... Tu ne m'as pas dit comment avait réagi la Tante, lorsque tu lui as appris la nouvelle ?

— Ah, oui, Tante ! Juste ciel ! Tu fais bien de m'en parler, car c'est précisément la raison de mon appel. Depuis que je lui ai annoncé mon départ, hier matin, elle s'est enfermée dans sa chambre et refuse de me répondre. Je crains qu'elle ne se soit laissée aller à commettre quelque geste fatal. Elle n'est jamais restée silencieuse plus d'une heure, depuis cinquante-six ans que nous vivons ensemble. Comprends mon inquiétude.

— En effet. Tu as appelé la police ?

— La police ? Ah non... C'est une excellente idée ! Je n'y avais pas songé.

— Fais-le, et tiens-moi au courant, si tu veux bien ?

Après l'appel de l'Oncle Albert, je suis resté songeur. Je ne m'inquiétais pas beaucoup pour la santé de Tante

Foune, je ne l'imagine pas candidate au suicide, elle est bien trop haineuse pour cela. Je m'en serais plutôt fait pour l'Oncle, car je crois Tante Foune aussi méchante que bête, ce qui n'est pas peu dire, et tout à fait capable de vengeances perfides. Il n'empêche, c'était réjouissant de penser à l'Oncle Albert en don Juan des clubs de grammaire.

Je suis allé dessiner deux trois plumes, secoué par de petits rires qui nuisaient quelque peu à mes linéaments, comme l'aurait dit l'Oncle.

Il me tardait que Prune se réveille pour pouvoir lui annoncer la nouvelle. Je n'aime rien tant que l'étonner. Elle a beaucoup ri, elle a trouvé ça très touchant et très tendre, cette histoire de tourtereaux quasiment centenaires. Elle m'a dit :

— Ça laisse de l'espoir à ceux qui n'en ont plus.

Puis elle s'est assombrie et m'a regardé d'un œil noir.

— Toi, par contre, je te préviens, tu n'as pas intérêt à te trouver une vieille, quand tu auras cent ans. Jure-le sur ma tête !

J'ai juré tout ce qu'elle a voulu, puisqu'elle fait de moi ce qu'elle veut.

Une voiture à cheval, à la sortie de Backwater.
Lord Albert « Grammarian » Grevisse,
l'air heureux, conduit la carriole,
en costume de laine et gilet de flanelle.
Assise à côté de lui, Lady Edmée Beloved,
sa compagne, en robe du dimanche à rubans de couleur.
Ils se rendent à la foire au subjonctif de Syntax-on-Glossary.

Un arc-en-ciel enjolive l'horizon.
Dans le lointain,
une Foune élimée (Fugna detrita) hurle à la mort,
et s'étrangle de rage.

Comme je m'en doutais, Tante Foune n'était pas morte. S'il est vrai que les meilleurs nous quittent les premiers, cela laisse deviner sans mal la place réservée aux pires.

Les gens foncièrement mauvais font souvent un chiendent de bonne qualité.

L'Oncle Albert m'a tenu informé dès le lendemain matin (six heures moins le quart, caleçon, fourneau, café...) de la suite des événements.

Lorsque les flics sont arrivés – et comme Tante Foune refusait de répondre – ils ont été obligés de défoncer la porte de sa chambre, à moitié rigolards et à moitié inquiets car l'Oncle Albert, toujours aussi naïf dans son honnêteté, leur avait raconté en détail les raisons de ce qui allait peut-être s'achever en fait-divers tragique.

La Tante était assise sur son lit, en tailleur du dimanche, bras croisés, raide comme la justice.

Elle a foudroyé l'Oncle Albert du regard et a jeté aux policiers, d'un ton de reine mère aux plus obscurs de ses valets :

— Messieurs, faites sortir ce monstre de ma chambre. Je ne lui parlerai plus jamais.

Lorsque Oncle Albert m'a raconté l'anecdote, j'ai dit :

— Tu as dû te sentir soulagé ?

— Tu veux dire : soulagé de trouver Tante en parfaite santé, ou de savoir qu'elle ne m'adresserait plus la parole ?

— Pourquoi, ça fait une différence, au niveau de la réponse ?

Il m'a fait son petit rire flûté.

— Sais-tu ce qui me manquera, Merlin ?

— Je t'écoute.

— De ne plus avoir mes petits malaises… J'avais tellement peaufiné la technique… Sans aucune prétention de ma part, c'était devenu du grand art.

Je me suis replongé dans Wild Oregon, pour réviser mes douze premiers tomes. Ensuite, j'ai relu une dernière fois le petit dernier, *Chanson pour Jenny Pearl*. La couleur est quasi parfaite. Les jaunes ont un petit peu perdu, peut-être, mais je chipote, je chipote, l'ensemble a de la tenue. Cet imprimeur a fait du travail d'honnête homme.

La pensée de Laurent m'a traversé mille fois.

Il avait vu bon nombre de planches, il connaissait pratiquement toute l'histoire, même si j'avais l'habitude de lui cacher la fin, pour que le plaisir reste intact ou presque.

J'ai appelé Philippe pour lui dire que j'avais reçu mes exemplaires. Il était de charmante humeur, la presse est excellente et mon treizième enfant est déjà sur deux sélections de prix, dont le très convoité Voyage en Utopie.

Puis il a enchaîné, soucieux du prochain épisode :

— Tu en es où, du XIV ? Tu avances ?

Toujours ces mêmes mots : « Tu avances ? », quand je voudrais – parfois – pouvoir lui avouer que je stagne, au contraire. Ou bien que je recule. Ou que c'est une impasse.

Je me suis dit que c'était l'occasion parfaite pour lui toucher un mot des volontés de Laurent. Lourde erreur. Philippe a réagi aussitôt en me disant, avec beaucoup de gentillesse mais tout autant de fermeté, que ce n'était pas du tout le moment d'arrêter une série qui commence – enfin – à cartonner vraiment. Non-non. Et que j'étais seul maître à bord, bien sûr, OK, c'est moi l'artiste, mais… Non.

Je me suis rétracté comme l'huître sous la giclée acide de citron. J'ai changé de sujet et, après lui avoir dit au revoir, je me suis retrouvé seul avec mon problème et le sentiment aigu que je n'étais qu'un lâche, asservi, muselé. À jamais incompris. Produire, toujours produire. Avancer, avancer. Qui se souciait de mes peines, et de mes états d'âme ?

Je n'étais qu'un outil, un esclave, tout juste bon à produire des pages, encore des pages, on se servait de moi, on me pressait sans égard, on m'arrachait la pulpe, on me râpait le zeste.

Je sentais pointer la crise existentielle, cette grande colère divine qui se traduit d'ordinaire par une suite immuable de manifestations qui s'égrènent comme suit :

A - Coups de pieds courroucés dans mes piles de bouquins, accompagnés – ou non – d'un rhhhââââââ !! exaspéré, se terminant parfois sur un couac enroué.

B - Balayages hystériques d'un revers de la main sur ma planche de travail, ce qui a pour résultat d'envoyer valdinguer pinceaux, croquis et documents aux quatre coins de la pièce. Sans compter les bouteilles d'encre, que je devrais penser à reboucher plus souvent.

C - Monologues tragiques, soutenus par un petit vibrato à la André Malraux : Où est ma liberté-é-é ? Ma liberté-é-é, bo-orde-e-el !

Bref, une comédie de diva dans sa loge, dont je pourrais avoir honte, s'il y avait des témoins. Mais Chausson vient déjà de tomber dans les pommes.

Et Cirrhose est dans le jardin.

Prune avait repris sa vie de solitaire aux côtés de ce fou obnubilé que j'étais redevenu, cloîtré dans l'atelier. Elle vaquait à son rythme, peignant, vissant, bricolant dans une des granges, allant vendre ou acheter sur les marchés aux puces de la région, ou lisant des heures sur le divan, Chausson étalé sur son ventre comme un vieux plaid en fourrure mité.

Prune connaît mes saisons. Elle savait que bientôt j'entrerais en hiver, que je devrais affronter pour des semaines, peut-être, la nudité de la page qui s'obstine à demeurer vierge, par manque d'inspiration vraie ; les tracés compulsifs, faibles, sans intérêt. Mes plongées dans le Grand Blanc, comme elle dit.

Elle connaissait ma crainte, qui ne fait qu'empirer avec l'âge, cette trouille commune à bien des créateurs : la fameuse Redite. Répéter, remâcher ce qu'aurait fait plus tôt l'ancien moi détesté, l'illustrateur que j'ai été, plus jeune, plus acéré, tellement plus innovant.

Cette peur qui me clouerait pour des heures, parfois, dans des explorations maniaques au sein de mes volumes précédents, à la recherche d'une phrase déjà écrite – et mieux, d'une audacieuse perspective plagiée sans le vouloir sur mon propre travail. Auteur sec, épuisé, qui remonte pesamment – tel un vieux saumon sur le retour – aux sources mêmes de son œuvre, pour tenter d'y puiser une idée, une page, et d'oublier que le flot se tarit, que le désert s'étend. Qu'il se propage.

Des funérailles nationales.
La foule se recueille. L'Artiste en grand deuil (moi)
pleure la mort de son inspiration.
Prune et Chausson sanglotent
dans les bras l'un de l'autre.
Cirrhose s'aiguise les griffes avec un taille-crayon.

Je rumine. J'ai une sale mine.
J'ai une mine de plomb.
J'ai un sérieux problème, inutile de le nier.

Depuis ce matin huit heures, je dessine des fesses et des seins, des silhouettes de femmes, des visages qui restent vides et des yeux qui n'expriment rien, des hanches de contrebasse et des chutes de reins. Je croque, je bâcle, je résume, j'essaie de remplir au mieux les dossiers de l'agence matrimoniale virtuelle dans laquelle je trouverai peut-être la copine de Jim.

Je n'y crois pas, je n'en veux pas, je dessine à reculons, je me trouve obligé au pire des scénarios, dont le principe seul me donne la nausée.

Depuis que j'ai reçu la lettre de Laurent, je déprime, je tourne en rond, je ronge mon frein et mes crayons, je n'arrive pas à rebondir, à me remettre au travail. Je voudrais qu'il soit fier de moi. Je voudrais savoir que, de là où il est, dans ce néant sans nom que j'éclaire de veilleuses pour qu'il puisse me lire, ce qui reste de lui, ce qui n'est pas éteint, sait que je vais réussir là où il a échoué, parce qu'il me le demande. Et parce que je l'aimais.

Mais rien ne vient. J'ai beau me torturer, je suis brûlé comme un désert, rien ne fleurit. Je me sens stérile, incapable. C'en est fini de moi, je n'aurai plus jamais une seule bonne idée. Qu'on m'exécute, et vite. J'ai déjà trop duré.

Prune se garde bien de chercher à me consoler, elle ne s'y risque pas. Pas plus qu'elle ne tente de me dire bêtement que ce qui m'arrive n'est pas si grave, au fond, puisqu'il ne s'agit, après tout, que de personnages de BD. De la fiction. Du rien. Un nuage de fumée.

Elle sait à quel point je fais corps avec mes personnages, combien nous sommes intimement connectés, eux et moi.

Je vais bien ? Jim chantonne, Phoebe devient mutine, les putes du Farting Louse guérissent de la vérole, la tempête s'éloigne, le Grand Conseil des Nations désunies vote soudain des lois sensées, le prix du whisky baisse. Même les raclures de Morons'Lair ont l'air de devenir un peu plus fréquentables.

Je vais mal ? Jim devient encore plus misanthrope, Phoebe reprend les armes et va flinguer un incapable – gouverneur, consul, conseiller. L'Univers tout entier travaille sans relâche à son écroulement, à sa lente déliquescence. Les anges aux belles plumes blanches n'étaient que des vautours à l'affût sur leur branche. Ça défouraille dans tous les coins.

Je vais mal, ils vont mal. Je vais bien, ils vont bien. Et réciproquement. C'est là que ça devient difficile à comprendre.

Autant, Prune a rapidement trouvé normal – ou presque – que mon petit peuple sous-marin s'agite au gré de mes courants intimes, autant, penser que Jim ou Phoebe ou n'importe lequel de mes personnages peut me renvoyer la balle en pleine face et m'imposer ses états d'âme, ça lui semble encore surprenant.

Pourtant c'est la réalité, si je peux employer ce mot, bien mal choisi dans le contexte.

Mes personnages n'en ont jamais fait qu'à leur tête. Je l'avoue. Je n'ai aucune autorité sur eux. J'ai beau tenter de les cadrer, de leur imposer une discipline, à un moment ou à un autre ils finissent toujours par échapper à mon contrôle, en me faisant un bras d'honneur.

Je ne maîtrise rien ou presque de leur sort. J'ai souvent l'impression de n'être que le témoin de ce qui leur arrive. Un témoin vaguement actif, puisque je suis celui qui leur donne une voix, qui leur dessine un corps, un décor. Mais c'est tout. Mon travail s'arrête là où commence leur indiscipline, à l'instant même où ils m'échappent et répondent autre chose que ce que j'avais prévu. Comme une troupe d'acteurs qui feraient sécession, et changeraient les répliques. J'essaie de donner une direction, parfois j'y réussis, et parfois je renonce, comme un père laxiste. Avec eux, tout est sujet à plaintes et récriminations. Par moments, leur voix enfle et s'impose jusqu'à brouiller la mienne.

Ils m'envahissent, argumentent, vitupèrent, me soumettent à leurs choix. Têtus comme des mules, à vouloir tout le temps décider de ce qu'il y a dans leur bulle, et de quelle façon leur case doit être rangée.

Qui est le créateur de l'autre, dans ce cas ?

— T'as vraiment rien de mieux à faire, gamin ?

Ma main sursaute.

Sur la feuille, Jim se cure les ongles avec la pointe de son couteau. Je ne l'avais pas vu venir. Il est assis sur la barrière devant Leaving Station, son visage caché dans l'ombre du Stetson. D'un jet de salive précis il dégomme un bousier qui passait en poussant sa boulette, remonte son chapeau d'un index flegmatique, lève les yeux vers moi.

… Vraiment mieux à faire que quoi ?

— Tu comptes me laisser assis là jusqu'à quand ?

J'en sais rien, moi. Si tu crois que c'est simple, après ce qui vient d'arriver dans ma vie. Et la tienne, d'ailleurs. Parce que, je ne sais pas comment t'annoncer cette triste nouvelle, mais…

— Crache le morceau, gamin.

Laurent est mort.

— Qui ?

Laurent.

— Vois pas.

— Mais si, enfin ! Laurent, quoi ! « Toi », si tu préfères !

J'ai beau être passé au discours direct, dans un moment d'égarement, ça n'éclaire pas la lanterne de Jim, qui me regarde en fronçant les sourcils, puis me jette :

— Quoi, « moi » ?

Aïe.

C'est vrai qu'on n'en avait jamais parlé clairement, tous les deux. Jim Oregon ne sait pas qu'il est inspiré de quelqu'un qui a vraiment vécu. Et qui est vraiment mort. Il ne sait pas qu'il est un héros de fiction, et que toute ressemblance avec un homme existant ou ayant existé n'est pas purement fortuite. Pendant que j'essaie de lui expliquer la genèse en deux mots, il saute à bas de la barrière, et s'éloigne à grands pas. Il se contrefout de ce que je lui raconte.

Il ne m'écoute même pas.

Ma main court après lui, contrainte de créer en quelques traits hâtifs un paysage, Jim qui s'éloigne à grandes enjambées, tourne à l'angle de la station, se dirige vers…

Il pile et me fait face.

— … Écoute, gamin, je vais te dire une bonne chose : je ne connais qu'un seul Laurent, de Backwater à Morons'Lair, et c'est le Reverend John Laurent Dickinson, plus connu sous le nom de « Blessed Ass » Dickinson, une canaille de première que j'ai mise à l'ombre il y a six mois et dont la carcasse doit finir de pourrir au bout d'une corde, vu que les vautours n'en voudront pas. Alors, le premier qui vient me dire que je ressemble à cette crapule peut aller se commander un costume en sapin. Vu ?

Vu.

Jim me montre le Lizard, garé derrière le dernier quai, le capot relevé.

Il crache un autre jet de salive qui me rate de peu, et dit :

— Cette foutue bordel de machine de merde vient encore de me lâcher, et je dois être à Green Falls dans deux jours.

Comme j'ai le malheur de lui demander ce que je peux y faire – d'un ton peut-être un peu trop insolent, je l'avoue –, il claque de la langue et me répond, la voix soudain plus chargée de menaces que le barillet de son vieux Paterson ne l'est de projectiles à guidage terminal :

— Tu te démerdes, gamin. Et vite.

Il commence à me pomper l'air, à me les briser menu, à me les moudre fin, le shérif de mes deux. Il me les ponce à la laine d'acier double zéro, le héros de BD, l'artisan dézingueur.

Va te faire dessiner ailleurs, superman de pacotille, justicier en quadrichromie, pauvre naze ! Va te faire imprimer en Belgique, crétin !

Je tressaille, inquiet à l'idée qu'il ait pu lire en moi. Je l'observe du coin de l'œil.

Mais non, c'est hermétique, mes pensées sont restées sagement confinées dans une autre région de ma tête. La nature est bien faite.

Jim se roule une cigarette, en attendant que je mette les mains dans le cambouis.

Je fais semblant de tailler mon crayon, pour me donner une contenance. Je n'y connais rien en mécanique. Rien. D'où la belle amitié que me porte mon garagiste.

J'illustre Wild Oregon, OK. Je dessine des engins de propulsion, fusée, aéronefs, lanceurs, transbordeurs galactiques, et autres foutaises futuristes. OK. Et alors ? Est-ce que ça fait de moi un spécialiste de la thermodynamique ou de la propulsion à effet Hall ? J'ai le sens du détail, je sais faire illusion. C'est normal, c'est ma raison d'être. Créer du rêve, du fictif. En artisan soucieux de la chose bien faite, je mets un point d'honneur à ce que mon travail ait un air d'authenticité, au point que des fans à lunettes – qui semblent supposer que je suis diplômé dans l'aérospatiale – me posent régulièrement des questions sybillines et à coucher dehors du genre « Pourquoi ne pas équiper le Lizard d'un propulseur magnétoplasmique à impulsion spécifique variable, pour les transferts d'orbites ? ». Mais qu'est-ce que j'en sais, moi ?!

Depuis quand les artistes doivent-ils savoir de quoi ils parlent ?

Je suis une bille, bordel ! Faites-vous passer le mot !

— Alors ? On passe la nuit ici, ou tu te sors les doigts du cul ? fait Jim, d'aussi mauvaise humeur que moi.

J'envisage un court instant le sabotage, la pièce qui lâche, le Lizard qui explose en plein vide sidéral et dont les milliers de débris dériveraient en silence jusqu'au bout de l'infini, un réacteur par-ci et un Stetson par-là. Ou la panne fatale en cours d'alunissage, et l'engin qui s'écrase sur un monde inconnu. Il suffirait d'un rien… Une simple fissure dans la collerette du cylindre à neutrons, par exemple, ou dans le sous-clapet de la turbine extendue, ce qui la ferait céder dans moins d'un pétamètre. Ou n'importe quelle autre connerie sans aucun fondement scientifique, qui ne me vient pas à l'esprit à l'instant, c'est d'accord, mais que je serais en droit d'inventer, si je voulais, puisque je suis le Créateur Suprême. Et j'accomplirais du même coup les dernières volontés de Laurent.

Mais non, inutile de rêver, je ne *peux* pas faire ça. J'ai une conscience d'auteur. D'illustrateur aussi, même si c'est plus rare.

Jim est mon fils, je suis son père, voilà pour mon côté Anakin Skywalker.

Sans me quitter de l'œil, Jim joue avec le chien de sa Winchester à canon scié, qu'il a négligemment pointée dans ma direction.

Bon. Vu que je n'ai rien de mieux à faire, je répare vite fait l'injecteur de charges magnétiques de la chambre propulsive du Lizard et j'en profite pour réaléser un chouia la sortie de culasse de la pompe densimétrique.

Je trace, j'enlève, j'ajoute, j'efface. Je dessine un Mickey à poil en train de pisser, sur un coin du cockpit, pendant que Jim ne regarde pas.

Il semble se détendre. Il a le même regard confiant que Laurent avait pour moi.

Et brusquement je suis ému.

Leaving Station est déserte, mis à part un convoi de Kéroliens en transit pour Dreams of Liberty 798284, en train de faire boire leur troupeau de néobisons fauves *(Neobison bison fulvus/ill. Merlin Deschamps)* dans les abreuvoirs ionisés.

Je demande à Jim de se mettre au point mort et d'envoyer un petit coup de démarreur, sans trop accélérer, pour voir. La mécanique ronronne presque aussi fort que Chausson quand Cirrhose n'est pas là.

Jim baisse la vitre, me fait un signe du pouce, et dit :

— Bien joué, petit.

Je lui demande ce qu'il va faire à Green Falls.

— Paraîtrait qu'on y a vu Jenny Pearl. Pas trop le temps de causer, gamin, à la prochaine !

Le Lizard tremble, vrombit, et s'arrache du sol dans un grand nuage de poussière, d'où émerge Prune, un peu décoiffée, qui vient me prévenir qu'elle va passer à table et que je peux me joindre à elle, si je suis toujours intéressé.

— Ça va ? demande Prune.

Mwarf. Non, pas terrible, en fait. Je n'ai pas envie de bosser, je piétine, je renâcle, je…

— … Va faire quelques oiseaux ?

Dit Prune du même ton léger qu'elle emploierait pour dire : Va faire quelques pompes ? Ou : Va faire un footing ?

Sur le fond, elle n'a pas tort : l'aquarelle me calme, c'est un yoga mental. Je suis si concentré sur des détails infimes que rien de ce qui se passe autour – ni même à l'intérieur – de moi ne peut m'atteindre. Mais je ne peux pas m'y mettre sur un claquement de doigts, désolé, il me faut un peu de motivation quand même. Cette même motivation qui pousse le sportif à se lever à l'aurore un dimanche, quand il fait froid dehors, pour aller courir ses vingt bornes dans des chemins boueux pendant que le voisinage ronflotte sous la couette. En mettant ses chaussures, il sait déjà que le temps sera humide et que les cinq premiers kilomètres seront une succession de gênes, de douleurs. Il sait également que passé un certain temps, une certaine distance, le bien-être viendra, puis l'euphorie, et qu'il se sentira soudain d'une légèreté incroyable, volant plus qu'il ne court, un vrai petit Hermès[1] avec ses ailes aux pieds.

Le bonheur de l'effort accompli a un prix que peu de gens acceptent de payer. Je fais partie des radins, des frileux qui restent sous les plumes. Je m'en veux quotidiennement. Et je me sermonne. Et je me pardonne.

Mes oiseaux, j'y travaille, pas le choix. Je dois livrer mes dernières planches dans moins de six semaines. Mais là, aujourd'hui, comment dire, je ne peux pas, je me sens…

— Et si tu reprenais le XIV ?

Prune parle par ellipses, on dit Wild, on dit XIII, ou VI, ou XIV, pour parler d'un épisode de la série. On se comprend, elle vit presque ma vie.

C'est vrai que j'avais commencé à travailler sur le quatorzième Wild peu de temps après avoir terminé le treizième. Question de discipline. Il m'arrive d'en avoir.

J'ai même deux ou trois planchettes pas trop mal rabotées, que je croyais quasi prêtes à l'emploi. À l'époque où je m'y suis mis, je pensais avoir devant moi tout le temps nécessaire : Philippe n'aime pas publier mes albums à dates trop rapprochées. Il préfère qu'on me désire. Aujourd'hui, le temps presse.

Les visites de maisons, l'achat du nid d'amour, le déménagement, les heures de travaux que j'y ai

1. Pas le sac, le dieu grec.

consacrées, puis la mort de Laurent, et la lourde tristesse, tout a freiné le travail, je me suis dispersé. Sans compter que le désir de Laurent remet tout en question, rien de ce que j'avais fait ne colle à ce qu'il souhaite. Je me retrouve les mains vides, quand je devrais être au moins aux deux tiers de l'histoire.

Et sa version à lui, je ne suis pas de taille. Et je crois que je n'en veux pas.

— Laurent ne t'a pas dit de faire mourir Jim tout de suite… Tu as le temps… dit Prune, autant pour elle que pour moi.

Je lui fais mon sourire « Laissez-moi crever seul ».

Je cite :

— *« Toi seul décideras de l'heure, du lieu, des circonstances »*… Je sais !

— Voilà, rebondit Prune. « Toi seul décideras. » Laurent te connaissait bien, il ne t'aurait jamais imposé une chose insurmontable. Tu pourrais peut-être écrire le XIV comme tu l'aurais voulu, ça te donnerait le temps de réfléchir, tu ne crois pas ?

Je lève un sourcil intéressé. Peut-être que… Après tout… Et si… ?

— Et puis, moi, je veux savoir ce qu'est devenue Jenny ! conclut Prune d'un ton sans appel, en me servant un petit noir serré, histoire de me donner un peu de cœur à l'ouvrage.

Ma Prune n'est pas seulement ma compagne adorée, c'est une de mes lectrices, elle a ses exigences.

Je l'avais oublié.

Les lecteurs… Mettez une apostrophe, on entend « l'électeur ».

Ce n'est pas un simple jeu de langue, une pirouette. On est lu parce qu'on est élu. C'est le lecteur qui fait l'auteur, et pas uniquement l'inverse.

Mes lecteurs ont des droits. Je ne m'appartiens plus en exclusivité, depuis que je suis rangé dans leur bibliothèque. Je suis devenu Leur auteur. Je ne les connais pas, je ne les ai jamais vus, ou si peu, mais eux, ils me connaissent. Ils savent de moi tout ce qu'on peut lire sur Internet, dans mes diverses biographies.

Je les entends déjà, mes fans, si je les plante là. Je les entends, ces gamins surdoués à lunettes qui bombardent ma boîte mail d'articles scientifiques dont je ne comprends même pas le titre.

Ces vieux spécialistes du Far West, qui me reprennent gentiment sur la forme d'une crosse de Winchester, ou sur une paire d'éperons. Ceux qui me disent avoir choisi telles ou telles études en aéronautique ou en histoire de l'Ouest à cause de la lecture de mes Mondes Éperdus. Ces trentenaires émus qui ont grandi avec

Wild et me regardent avec tendresse comme si j'étais leur grand-père, ce qui me fout à chaque fois un sacré coup de vieux.

Mes lecteurs, qui connaissent mieux mon œuvre que je ne la connais moi-même, qui pointent les détails, comparent les croquis, questionnent, critiquent, se passionnent. Ceux qui écrivent des mémoires de master sur le bagne d'Oblivion ou le choix de mes noms anglais. Ceux qui croient déceler dans mon œuvre une critique aiguë de la société actuelle, et ceux – les plus nombreux – qui me lisent aux toilettes, et tant mieux si ça peut aider.

Mes lecteurs, qui portent sur mon travail un regard plus profond que le mien parce qu'ils me lisent en apportant à mes petits crobards et à mes historiettes toute la dimension de leur existence humaine. Celles et ceux, enfin, qui viennent me voir dans les fêtes du livre et se tapent une heure de queue simplement pour pouvoir me dire, avec un sourire radieux :

— J'adore ! J'ai tout lu ! C'est pour quand, le prochain ?

Que vont-ils penser de moi, si j'arrête la série ? J'ai une responsabilité envers eux. Ils ont adopté Jim et, par fidélité, ils s'obligent à le suivre. Je ne sais plus si je m'appartiens, si je peux les laisser tomber.

Oui, mais... Laurent, en me demandant de mettre fin à la vie de Jim Oregon, a instillé en moi un poison redoutable : je n'arrive plus à croire à son immortalité.

Cette immortalité qui lui est indispensable, comme elle l'est à tout héros de série, qui ne doit jamais vieillir, ou si peu, et toujours repartir, fringant, vers de nouvelles aventures.

Car le héros de BD est invincible, ou presque. Il est parfois blessé au cours d'une bagarre, pour qu'on puisse le plaindre un peu. Mais lorsque c'est le cas, sa blessure est esthétique – un joli sparadrap, un bandage à l'épaule – et il en guérira sans aucune séquelle, à part une petite cicatrice, peut-être, ou une claudication légère. Un héros positif, un justicier vengeur, ça ne peut pas mourir et ça ne peut pas perdre. C'est comme dans les films et les combats de catch.

Il n'y a que les méchants qui meurent, ou se font prendre.

Et, même si le vilain s'en sort sur plusieurs épisodes, ce qui est toujours le cas de l'Ennemi mortel, si cher aux univers de BD – savant fou, pervers psychopathe, monstre tombé du ciel –, à la fin, il sera enfermé ou détruit. Aussitôt remplacé par d'autres, car le méchant a un rôle essentiel. Il suscite la peur, la colère, le dégoût mais, surtout, il sert de faire-valoir au héros.

Il le met d'autant plus en valeur qu'il est lui-même cruel, dénué de parole, perfide, veule, immoral. Et plus il est nuisible, plus le héros flamboie, plus on peut saluer son courage.

Et plus on peut s'aimer soi-même, car ce héros, c'est nous. Enfin, celui qu'on voudrait être.

J'ai toujours pris soin d'offrir à Jimmy Bear des adversaires à sa taille, des scélérats de grande envergure, sortis de Backwater ou de l'hyperespace, à l'esprit tortueux mais brillant, de vrais génies du mal, cyniques, malfaisants. Ses victoires n'en sont que plus remarquables, et je n'en suis que plus heureux. Car Jim s'en sort. Toujours. Comment contrevenir à une règle de base ?

Dans une bonne BD, fidèle aux lois du genre, il faut une morale qui fasse rêver les gens.

Le brave est éternel. La vérité triomphe.

Les truands sont châtiés, les traîtres confondus, les voleurs démasqués, les criminels punis.

Tout l'inverse de la vraie vie.

Dans l'album précédent, *Le crime paie souvent*, j'avais vu débarquer Jenny Pearl, vers la fin d'une histoire qui s'achevait à Green Falls, sur l'archipel dérivant d'Asturius de l'Exil. Jenny Pearl. Une sacré méchante. Une garce, une vraie.

Je ne savais pas d'où elle venait – je sais rarement d'où viennent mes personnages – mais j'ai compris dès son entrée en scène que j'allais avoir affaire à très forte partie.

Jenny Pearl sort par la porte de service
d'un hôtel mal famé, dans une ruelle sombre.
C'est un soir de pleine lune.
À sa ceinture, un rasoir de barbier, ouvert,
brille faiblement. Il dégoutte de sang.
Jenny essuie ses mains ensanglantées sur un drap,
qu'elle jette dans le caniveau.

*

Le drap n'est autre que la peau de sa dernière victime.
Zoom sur ce reste de visage, dans lequel se détachent

en creux les deux trous noirs, à l'emplacement
où se trouvaient les yeux. Le visage a gardé
une expression de terreur.
(Je fais ce que je veux.)

*

Jenny entrouvre un sac de toile
qui contient les bijoux volés à sa victime,
ce receleur véreux qu'elle vient de dépouiller
(dans tous les sens du terme).
Elle contemple son butin, puis s'éloigne dans la ruelle,
sur ses bottes à hauts talons.
Son ombre s'étire jusqu'au bord de la dernière case.
Devant un public de congénères attentifs,
deux rats juchés sur des poubelles font
un spectacle de marionnettes
avec la peau des doigts du mort.

C'était venu comme ça. Ça vient toujours comme ça.

Je m'étais marré tout seul en dessinant la scène épouvantable, la ruelle ténébreuse comme un vrai coupe-gorge, cette rousse sublime au visage céleste, les rats jouant au Muppet Show.

Laurent avait adoré ce personnage de salope angélique qui jouait du rasoir comme d'autres du pinceau, en véritable artiste en quête de perfection qui consacre du temps à réviser ses gammes. Il m'avait dit, en tapotant du doigt sur la page 38 :

— Elle mériterait au moins deux ou trois épisodes, celle-là, tu ne crois pas ?

J'étais complètement d'accord.

Jenny était une fille à suivre, mais prudemment et d'assez loin, car je pressentais déjà qu'elle laisserait derrière elle de nombreux morts, sur son chemin.

— Tu es un peu taré, des fois, mon doudou. Tu le sais, ça ?

Voilà textuellement ce que m'a dit ma Prune, le jour où elle a découvert Jenny Pearl : *Tu es un peu taré, des fois, mon doudou.* J'ai l'enregistrement.

Mais c'était dit d'un ton réjoui, presque gourmand.

Je n'en suis pas surpris : la terre entière adore les affreux, les perfides, les traîtres. Même les plus minables, les enfoirés de pacotille, les besogneux de la malfaisance.

Ce sont des condiments, des exhausteurs de goût.

Je ne savais pas d'où tombait cette Jenny, mais j'avais perçu aussitôt la force potentielle de ce nouveau personnage. Un possible pendant, peut-être – pour au moins deux ou trois volumes – à la solaire Phoebe Plum.

Des tripots enfumés d'Eternal Fog – dans lesquels viennent boire et se battre les mineurs des grandes exploitations des Nations désunies – à la lointaine planète-bagne d'Oblivion, de l'îlot dérivant d'Asturius à notre bonne vieille planète bleue, en la ville de

Backwater, cité de chercheurs d'or perdue dans le haut désert de l'ancien Oregon, les quatre coins des Mondes Éperdus – et tous les angles qui s'y recoupent – ne manquent pas de hors-la-loi, filous de second ordre, mégères assassines, arnaqueurs de tous bords, qui sont là pour tenir l'emploi irremplaçable du gros méchant stupide, que l'on aime tellement voir se faire rouler dans la farine par plus escroc que lui.

Le docteur Archibald Rotter, qui tient le bordel du Farting Louse, dans la banlieue de Morons'Lair, en est un remarquable exemple. C'est un des personnages secondaires que préfèrent mes lecteurs. Il est cupide, malhonnête, foncièrement malfaisant, mais sa bêtise le rachète car elle fait rire à ses dépens.

Dans la vraie vie aussi, les chacals me fascinent. Ce sont d'inépuisables sources d'inspiration. Je préfère de loin un vautour charognard bien mité et couvert de puces *(Necrosyrtes monachus)* à dix jolis petits canaris de concours, qu'ils soient dits de couleur, de chant ou de posture *(Serinus canaria)*.

Une Tante Foune, par exemple, avec son âpreté au gain et sa méfiance maladive, me stimule davantage les neurones qu'un bénitier rempli de figurants imbibés de bons sentiments.

D'ailleurs, à ce propos, je lui ai trouvé un emploi précaire…

À l'enseigne « Chez Niggard & Piker »,
un négoce d'usure, dans une rue de Morons'Lair.
Miss Pussy Foune se tient derrière un comptoir,

lèvres pincées, goitre apparent, œil suspicieux,
aimable comme un jour de diète.
Dans l'arrière-boutique, son neveu Mathias,
l'œil vissé à sa loupe, examine avec soin
les splendides bijoux que vient de leur apporter
une jeune femme rousse, qui se tient debout,
de dos, face au comptoir.

*

Miss Pussy se penche dans le faible halo de la lampe,
qui illumine sa carnation de batracien.
Elle tend à regret quelques piécettes à la jeune femme,
dont on ne voit toujours pas le visage.
La jeune femme prend les pièces et,
retenant la main ridée de Pussy Foune
dans la sienne, lui dit d'une voix inquiétante et douce[1] :
« Vous avez une jolie peau »

...

1. J'ai un dessin très auditif.

Je peux me bercer d'illusions, me raconter ce que je veux, les entretiens d'embauche sont loin d'être fameux, c'est le moins qu'on puisse dire. Pourtant je ne demande pas la lune, je recherche une femme belle, sincère, intelligente, dont Laurent (pardon : Jim) pourrait, en toute logique, tomber fou amoureux. Et que ce soit réciproque. Ce n'est quand même pas compliqué.

Or, depuis hier je vois passer sur ma table des blondes, des brunes, des rousses, des châtaines, des rondes et des lianes, des cuivrées et des pâles, et pas une dont je puisse me dire sérieusement, en pensant à Laurent (pardon : Jim), « C'est celle-là qu'il lui faut ».

Je persévère, sans conviction aucune. Je perds mon temps, c'est tout.

C'est trop.

À l'intérieur du Blue Rooster,
le tripot de Phoebe.
On a repoussé les meubles
et les tables de jeu contre les murs.

Seules, au centre de la pièce,
demeurent une table et une chaise,
sur laquelle est assis le directeur du personnel (moi).
Dehors, une longue file de femmes,
toutes jeunes et belles, attend dans la ruelle.

Une brune piquante sort. Une châtaine s'approche. Elle vient se planter devant la table, avec le même regard bovin que la pulpite hurleuse, dans le train, l'autre jour.

Le directeur du personnel la dévisage d'un air morne, et lui parle d'une voix tellement fatiguée qu'elle en a perdu ses tirets de dialogue.

Vous avez déjà été mariée ?

— Trois fois, m'sieur. Et j'peux vous dire que c'était pas la fête tous les jours, ah çà non ! Dites, c'est payé combien, votre affaire ?

Suivante.

Vous avez des enfants ?

— J'en ai eu huit, m'en reste trois. La faute aux fièvres, pour la plus jeune. Pour les autres,'savez c'que c'est… J'en ai eu un de pendu, et deux autres de flingués.

Une et un, deux ; et deux, quatre ; et trois… sept… ? Vous avez dit *huit* enfants. Il en manque un, dans votre calcul.

— Si vous croyez que j'ai pas aut'chose à faire que de compter mes lardons, sauf vot'respect, m'sieur. J'en ponds un chaque année depuis que j'ai quinze ans et j'en ai encore un qui voyage dans le fourgon…

Suivante.

Vous aimez les sexagénaires ?

— Moi, vous savez, tant que c'est pas sale…

En plus elles sont idiotes. La faute à ces foutus standards de la BD. Toutes des cruches, des gourdasses, des poules décérébrées.

— Merci !…

Phoebe, debout près du comptoir, me regarde d'un air courroucé.

Je ne disais pas ça pour toi, Phoebe. Toi, tu es intelligente, et fine, et courageuse, et…

— Tu vas me lécher la poire longtemps ?

Mais je le pense, je t'assure. D'ailleurs tu es à l'image de la femme que j'aime.

— Tu veux dire celle qui n'a pas de seins ?

Oh, c'est petit, ça, Phoebe. Ce n'est pas digne de toi.

— Parce que passer des heures à dessiner des filles avec des seins hypertrophiés, des tailles d'anorexiques, et des cerveaux de têtard, ça, c'est digne, peut-être ?

Elles n'ont rien à voir avec toi, ces filles, tu le sais. Toi, tu es une femme de tête, de convictions, de courage. Tu es la plus belle, Phoebe, tu as un corps de rêve et des seins magnifiques.

— Pas magnifiques : énormes ! Je me ruine en corsets à baleines, ça me fait mal au dos, ça me gêne pour courir. Ça te plairait, à toi, d'avoir des couilles de taureau ?

Je me marre comme un crétin. Elle hausse les épaules, me fusille du regard.

Elle n'a pas tort, je le sais bien. Je l'ai gratifiée d'une plastique dite « de rêve », si on se fie aux standards en vigueur chez moi et le néandertalien moyen. Physiologiquement, je ne vois pas où on pourrait loger les organes et viscères d'une femme normale adulte dans un tour de taille de trente-deux centimètres à peine. Une taille fine à ce point-là, ça ne peut pas exister, en tout cas pas avec cette carrure athlétique, cette poitrine hypertrophiée, ces jambes rallongées d'au moins quinze centimètres, au mépris de l'anatomie et des futurs problèmes de dos.

— Et les talons ! Bien vu, pour courir dans le désert ! On sent la réflexion aboutie de l'artiste ! Continue Phoebe, de plus en plus énervée. Sans compter les bas résille et le porte-jarretelles, ça, c'est le cadeau royal. Merci, vraiment ! Mer-ci ! C'est super, pour monter à cheval ! Je blesse de la selle, j'ai des cals où je pense, je me gèle les miches dès qu'il y a du vent. Et je ne parle même pas de ce désintégrateur pourri que je me trimballe en permanence, dont j'ai dû me servir dans trois cases, pas plus, autant dire jamais, et qui déforme toutes mes vestes.

Elle se sert un whisky et ne m'en propose pas.

— Et en plus, je suis alcoolique. Tu peux me dire pourquoi je suis en train de boire un double whisky à dix heures du matin ? J'aime pas ça, le whisky, tu m'entends ? J'AIME PAS ÇA !!! Moi, je voudrais du lait ou une menthe à l'eau.

OK, ne te fâche pas.

Phoebe est assise sur un tabouret de bar,
devant un verre de lait.

Elle porte des jeans serrés,
rentrés dans ses bottes en cuir à talons plats,
et une chemise cintrée qui met sa poitrine en valeur,
et qui…

— Pffff. Tu peux pas t'en empêcher, hein ?

Quoi encore ?

— Tu étais vraiment obligé de prendre deux tailles en dessous, pour ma chemise ? Je vais faire craquer tous mes boutons. Tu me fatigues, tiens !

Elle me tourne le dos et boit son verre de lait à petites gorgées.

Crac !…

La fille suivante s'avance, splendide. Le DRH lui sourit bêtement.

Elle lui rend son sourire et dit, d'une voix niaise :

— S'il faut coucher, pas de problème, mais je vous préviens, je suis poivrée.

Pardon ?

— J'ai la chaude-pisse.

Elle rit.

— Une chtouille d'enfer ! Alors, s'y faut coucher ça me gêne pas plus que ça, mais j'aime autant vous prévenir, parce qu'après vous pisserez des lames de rasoir !

Suivante.

Je t'en veux, Laurent. Je sais que tu t'en fous, mon pote – paix à tes cendres, etc. –, mais je te le dis quand même. Non seulement tu es mort et ça me fait de la peine, mais tu me compliques la vie, avec ton testament.

Je ne sais plus si je dois m'arrêter, poursuivre, te flinguer ou te laisser vivre. Je doute, j'hésite, je tergiverse. Je broie du noir, je m'inquiète. Je mange mes crayons.

Au sens propre, ce qui est mauvais signe.

Et pour les filles, désolé, pas de grand amour en magasin. J'en ai fait passer cent cinquante, tu as pu le constater toi-même si – de là où tu es – tu as un accès direct à ma planche à dessin.

Tu as vu le résultat. Consternant. Je ne peux quand même pas te coller une de ces morues dessalées dans les pattes. Pour faire joujou, peut-être, mais pour le reste ? Franchement ?

Tu es mon ami, Laurent. Tu ne mérites pas ça.

— Qu'est-ce que tu dis, mon doudou ?

— Rien. Je bosse.

— Ah OK… Monsieur Bombala a téléphoné.
— Sans blague. Et il vient quand ?
— Bon, bah, là… il sait pas. Probablement lundi.
— On progresse.
— Je vais chercher du pain. Tu as des lettres sur la table. Bisou.
— Et zou.

L'Artiste (moi) se lève en soupirant et,
drapé dans sa noire déprime comme une chauve-souris
dans ses ailes repliées, il va dans la cuisine,
en traînant des pantoufles.
Sur la table, un monceau de lettres d'admirateurs venues
du monde entier.
Il en tire deux au hasard.
L'une est de Tarantino, l'autre des frères Coen.
Il sourit.

Et commence à trier les factures.

Depuis trois jours, je contemple l'affiche sur le mur, juste en face de moi. La couverture de mon neuvième album, *Une saison de sang/ill. Merlin Deschamps.*

Dans cet opus, Jim partait à la recherche d'un convoi de colons dérouté par des pirates arganiens, qui avaient cru trouver refuge dans les tourbières malsaines de Muddy Swamp 222, petite exoplanète pourrie qui tourne en orbite elliptique autour d'Oblivion.

Jim Oregon, aux commandes du Lizard,
s'apprête à abourbir[1] sur Muddy Swamp 222.
Dans une lumière laiteuse
et des voiles de brumes rougeâtres,
on devine une multitude de créatures rampantes
qui grouillent dans le marécage,
et dont on peut se douter qu'elles n'ont rien d'amical.

J'ai bossé comme un fou pour réussir ce brouillard toxique, les reflets de lumière sur le métal corrodé du

1. Abourbir : verbe intransitif. Atterrir dans un bourbier.

Lizard, le bayou d'où montent des vapeurs d'angoisse et de méthane, le jeu des couleurs, avec cette subtile alliance de vert glauque et de rouge sanguin… Sans compter le regard de Jim, dans lequel on peut lire tout à la fois une tension extrême et un calme olympien, ce qui donne une idée de l'étendue de mon talent. Je ne dis pas ça pour me vanter. Si j'ai un seul mérite, c'est bien d'être objectif.

Depuis trois jours, donc, je scrute le visage de Jim comme s'il s'agissait d'une boule de cristal. Sans aucun résultat. Panne grave du cerveau droit.

Je trompe ma fébrilité en achevant à vitesse modérée une ultime série de passéridés.

« Je fais des oiseaux », comme dirait Prune. De ce côté, au moins, pas de surprise, j'entasse sur ma table assez de plumes et de duvet pour rembourrer toutes nos couettes.

J'ai arrêté le casting des bombes sexuelles, je patauge dans le numéro XIV, j'écrivote et je dessinaille avec le sentiment de ne pas du tout faire ce que Laurent m'a demandé, ni ce que j'aurais voulu, moi-même. Ce coup-ci, je le sens, je ne m'en sortirai pas.

Prune elle-même commence à être inquiète, même si elle n'ose pas aborder le problème de front. Je le vois à ses menus. Elle accumule les tentatives désespérées pour me revigorer au moyen de recettes qu'elle ne maîtrise pas – du tout – mais qu'elle me concocte avec tant d'amour et de bonne volonté que je mets un point d'honneur à finir mon assiette en poussant des *Mmmhhh !…* extatiques, qui lui font le regard mouillé. Hier, elle m'a fait un poulet à la russe qui avait dû entrer sans papiers, probablement caché dans le même camion que le whisky de Genaro. Après la sieste de deux heures réclamée par mon estomac, j'ai quand même trouvé la force de pondre un ou deux petits crobards sur les exploits culinaires de ma douce, histoire de me détendre un peu.

Je me suis même vaguement dit qu'il y aurait quelque chose à faire de tous les crayonnés que j'accumule depuis le début de nos travaux. Une sorte de catalogue sans paroles – ça m'arrange, vu le vide absolu dont je suis encombré – que je verrais bien paraître sous le titre *Ome souitome*.

Je projette déjà une petite bande de personnages récurrents, outre ma Prune et moi. Chausson et Cirrhose, la fouine compisseuse, l'Oncle Albert – en coucou suisse qui ne sonnerait qu'à six heures du matin –, le téléphone hanté par la voix de l'éditeur, et monsieur Bombala en guest star, qui vient justement de rappeler pour nous dire que bon, bah, là, pour lundi, il peut pas, désolé, mais que jeudi, peut-être…

Un remake de Misery.

L'Artiste (moi), dans le rôle d'Annie Wilkes,
force un Paul Sheldon-Bombala – ligoté avec des tuyaux flexibles – à refaire la tuyauterie, sous peine d'être nourri de poulet à la russe.

C'est horrible.

AD VITAM AETERNAM

Quelques assassinats
Une piscine olympique
Un shérif écossais
Une blessure par balle
Alléluia

— Je n'ai jamais rien promis à personne. Jamais, tu entends, Jimmy ?

— Mmmff…

— Sais-tu seulement pourquoi je n'ai jamais rien promis à personne ?

— … ?

— Les promesses nous emprisonnent. Voilà pourquoi.

— Ouaip.

Jim Oregon et « Buffalo » Boyd
in Wild Oregon, vol. XIV
(La grande traque)

Lorsque je n'arrive pas à travailler aussi bien que je le voudrais (ce qui est trop souvent le cas), j'ai tendance à feinter la classe. Je cherche tous les prétextes pour être ailleurs, le plus loin possible de ma table, de mes crayons et de mes couleurs.

Je m'évite moi-même, autant que faire se peut.

Puisque je n'arrivais décidément à rien de bon, j'ai décidé hier soir de contacter Gordon Boyd, le négociant en alcools dépositaire du whisky que Laurent m'a légué. Je ne suis qu'à deux heures de Bordeaux en passant par les petites routes, il fera beau pendant toute la semaine, et j'ai besoin de bouger.

J'ai proposé à Prune de venir avec moi, elle a décliné l'offre.

Depuis quelques jours, elle a entrepris de creuser une piscine dans le fond du jardin. Elle a délimité un rectangle de huit mètres sur quatre. Elle en est déjà à trois bons centimètres de profondeur sur deux mètres carrés. Ce n'est pas le moment de la démotiver.

J'ai appelé Gordon Boyd pour voir quel jour il serait libre, nous avons fixé rendez-vous pour le surlendemain, seize heures. Il parle un français impeccable, savoureusement enjolivé d'un accent écossais à la Sean Connery. Son commerce est sur le quai des Chartrons. Je pourrai me garer sans problème dans une rue qu'il m'a indiquée, derrière, où il a une place réservée.

La seule perspective de cette journée d'école buissonnière avait suffi à me remotiver. Je me suis levé très tôt, animé d'une fougue nouvelle, bien décidé à continuer le numéro XIV, sans trop savoir où il me mènera et tant pis, c'est sans importance. Par expérience, j'ai appris que plus je me laisse improviser et plus l'histoire collera à ce que j'essayais de dire.

Je me suis fait un café très noir, j'ai encouragé Chausson, en plein processus d'éjection d'une boule de poils, ce qui est toujours éprouvant à entendre et à voir. J'ai évité de justesse la patte de Cirrhose, et je suis allé dans mon bureau du pas du conquérant qui a la certitude que tout va lui céder. J'ai ouvert les fenêtres en grand, afin que l'air pénètre et qu'il chasse les miasmes. Par dessous les branches du saule, j'ai vu Prune sortir de la grange, sa bêche sur l'épaule, tel un petit nain de Blanche-Neige qui se rendrait à la mine en chantant.

Je me suis assis à ma table de travail et j'ai attendu l'irruption du génie, armé d'un crayon graphite, immobile, truffe levée, l'air aussi con qu'un chien d'arrêt.

À côté des noyers, à mi-chemin de la pente douce, Prune attaquait sa piscine olympique.

Le soleil était déjà haut. Les arbres bourgeonnaient de leurs feuilles nouvelles. J'aime cette perspective que m'ouvre l'atelier. On dirait un tableau changeant et sans cesse renouvelé : tout au fond du jardin miroite doucement la mare – que nous avons curée et tapissée d'une bâche au début de l'hiver, pour l'imperméabiliser, car Prune a décidé d'en faire un jardin aquatique que nous agrémenterons de carpes koï *(Cyprinus carpio carpio)*, ou de vulgaires poissons rouges, tout dépendra de mes droits d'auteur, ou des ventes de Prune.

Le vent courbe les herbes sèches, dans le champ du voisin.

La camionnette du facteur passe lentement sur la route, de l'autre côté du vallon. Les collines bleutées se détachent à peine du ciel pâle, griffé de blanc par des cirrus légers.

Au loin, là-bas, s'élève un nuage de poussière, au pied des Dark Mountains. Un troupeau de néomustangs sauvages vient de partir au grand galop à l'approche d'un Black Raven, un engin patrouilleur de la police des frontières, qui évolue à basse altitude.

Ils doivent chercher des réfugiés, il en arrive en masse des terres d'Afield-Field, depuis que le Grand Conseil des Nations désunies a décidé de laisser s'entretuer les partisans du gouverneur et ceux de son usurpateur.

Sur la droite, la ville de Backwater semble s'évaporer dans les brumes de chaleur.

Au premier plan, Phoebe creuse à grands coups de pelle rageurs la tombe du vieux MacLean, qui est mort hier au soir comme il avait vécu, un whisky à la main, d'une balle en plein cœur. Les gentilshommes serviables disposés à creuser une sépulture en plein soleil pour épargner la tâche à une demoiselle ne courent pas les rues, par ici – à moins d'avoir un colt appuyé sur la tempe. Mais de toute façon, Phoebe Plum est une femme d'honneur, elle ne demanderait à personne de se charger d'une corvée qui lui incombe, puisque c'est elle qui a buté Blaine.

Le pauvre diable a eu le tort de se lever au plus mauvais moment, pour aller aux toilettes. Il s'est trouvé en pleine trajectoire du pruneau qu'elle destinait à un salopard de première, dont elle a explosé la gueule au deuxième coup, d'accord, mais c'est une maigre consolation.

Phoebe se sent triste et furieuse.
Et coupable, également.
(pas simple à dessiner, la culpabilité)
Elle plante sa pelle dans le tas de terre
qu'elle vient d'extraire,
et va chercher le cheval qu'elle guide
en le tenant par la bride, pour qu'il tire le cercueil
jusqu'au bord de la fosse.

Blaine « Grouchy » MacLean était un brave vieux bonhomme, qui ne cherchait jamais la bagarre, payait son coup à tout le monde, et avait une descente plus constante et plus raide que les chutes de la Missing River. Le client idéal.

Phoebe fait glisser le cercueil dans la fosse, récupère les cordes, s'essuie le front avec sa manche. Puis elle crache dans ses mains et commence à recouvrir le cercueil de pelletées de terre.

Blaine repose désormais dans sa malle de voyage en sapin, grossièrement équarrie, fabriquée à la hâte par le menuisier du coin car, ici, les chaleurs ne sont guère propices aux veillées funèbres trop longues.

Phoebe plante une croix en terre, elle y accroche le chapeau du vieux Blaine MacLean.

Je me sens un peu opaque.

Le crayon accroche sur la feuille, une pesanteur s'installe, je m'applique à l'ignorer.

Blaine MacLean n'est plus là. Il ne s'assiéra plus à sa place habituelle, la plus proche du comptoir, celle qui lui évitait d'avoir à se déplacer trop loin pour refaire le niveau après le quinzième verre. Il ne trinquera plus jamais avec les autres, un verre tulipe à la main, bien calé dans son fauteuil vert.

Phoebe se recueille un instant sur la tombe,
puis s'éloigne sur son cheval bai.
Je rajoute un soleil couchant.

Et je retourne me coucher.

Laurent avait raison, Gordon Boyd aurait pu avoir sa place dans Wild.

Aussi grand que Laurent l'était, mais le triple en largeur, sans être gros pour autant. Un pilier de rugby avec une tête d'aimable brute et de petits yeux très vifs qui contredisaient aussitôt la première impression. Le genre de type dont on sait à l'instant où on les rencontre que leur vie est une succession de jouissances éperdues, grand baiseur, grand gourmet, grand connaisseur de crus, amateur éclairé d'art sous toutes ses formes, et bon sportif, comme il se doit. Et avec ça, le regard franc.

Il m'a tendu une main plus large qu'une côte de bœuf dans laquelle j'ai déposé, avec une crainte légitime, mes métacarpes délicats d'aquarelliste animalier.

Puis il m'a invité à le suivre au fond de son entrepôt dans lequel m'attendaient vingt-cinq caisses de bouteilles, soigneusement rangées. Je lui ai offert une bouteille de la part de notre ami commun, un Glenfarclas The Family Casks de 1960 qu'il m'a proposé d'étrenner le jour même. On a parlé de Laurent. C'était étrange et agréable de pouvoir l'évoquer avec quelqu'un que je ne connaissais pas, et dont Laurent ne m'avait jamais vraiment parlé (du moins je ne m'en souvenais pas). Même si je savais que depuis des années Laurent ne passait plus que par ce négociant, soigneusement choisi pour la qualité et la diversité des alcools qu'il proposait, je n'avais pas supposé qu'il s'était lié d'amitié avec lui. C'était pourtant le cas.

Boyd me brossait de lui un portrait que je trouvais très juste, mais éclairé sous un autre angle, un angle assez nouveau pour moi. C'était comme découvrir un Laurent familier que je ne reconnaîtrais pas.

Pour remercier Gordon Boyd du soin qu'il avait pris du courrier de Laurent, je lui avais appporté une planche originale de Wild Oregon, tirée du premier exemplaire.

J'ai senti que ça le touchait. Il l'a regardée avec cette même attention scrupuleuse, respectueuse, qu'avait Laurent. Il a dit :

— Ah, Jim Oregon !... Je connais Wild Oregon par cœur, vous savez ? J'ai tous les exemplaires dédicacés.

Dédicacés ?... J'essayais en vain de me souvenir à quel moment Laurent m'avait demandé de signer un de mes livres à l'intention d'un de ses amis.

Mais Boyd se levait déjà, en disant :

— Venez, je vais vous montrer ça.

Je l'ai suivi chez lui, dans son appartement de grand bourgeois du négoce, immense, au luxe confortable et discret, dont une vie d'illustrateur ne suffirait pas à financer les plinthes.

Il était situé juste au-dessus de son magasin et de son entrepôt, dans un de ces beaux immeubles bordelais du XVIIIe siècle. Sa bibliothèque, à elle seule, était un monument, une sorte de Public Library de New York à usage privé, toutes proportions gardées.

Boyd m'a prié de m'asseoir dans une des bergères de style victorien, à l'assise refaite et d'un incomparable moelleux, qui encadraient la cheminée ancienne.

Sur une des étagères – et pas au plus mauvais endroit, à mon grand étonnement – se trouvaient effectivement les douze tomes de Wild, parmi des incunables et des œuvres majeures de la littérature, aux reliures pleine peau, dorées à l'or fin au fer chaud. Je me suis senti de trop. Mon travail n'était pas à sa place, au milieu de tout ce beau linge. Bien trop insignifiant, trop léger, trop petit. Imposteur étriqué parmi des talents véritables.

Oui-Oui en habit vert, qui entre à l'Académie.

Mais Boyd s'est mis à me parler de la série, que Laurent lui avait fait connaître. Il l'avait vraiment lue, ça ne faisait aucun doute. Il en parlait comme le font certains lecteurs quand ils ont adopté un livre, avec une foule de détails, d'anecdotes, de réflexions pertinentes et drôles sur les différents personnages, de références à d'autres auteurs de BD, de romans, et quelques interrogations auxquelles je ne savais pas forcément répondre d'une façon très brillante, car l'auteur est rarement le plus intelligent pour parler de son travail.

Nous avons dérivé ensuite sur la littérature américaine, puis sur les grands westerns, notre passion commune pour des types comme John Wayne, Henry Fonda, James Coburn, Clint Eastwood, Gary Cooper, Lee Marvin, mais aussi des space operas, de l'enchantement de *Dune*, de la révélation qu'avait été pour nous le premier film de *Star Wars*, en 1977. Nous sommes tombés d'accord sur cette indispensable nécessité qu'il y a à mélanger les genres, faire rire dans le drame, et prendre la tangente en parlant du réel.

Boyd était un vrai lecteur, doublé d'un cinéphile aux analyses fines. Un de ces boulimiques qui trouvent le temps de vivre plusieurs vies, quand d'autres n'en ont qu'une, et encore à moitié remplie. Ce type était un ogre. Et rien qu'à l'écouter, il ouvrait l'appétit.

— Ah ! Je vous avais dit que je vous montrerais mes dédicaces !...

Boyd s'est levé, il est allé prendre mes bouquins et me les a fait passer l'un après l'autre avec des délicatesses de jeune père qui prend son nouveau-né pour la première fois.

Sur chacun d'eux, Laurent avait écrit ce qu'il fallait bien appeler un autographe, puisque ses dédicaces – dans lesquelles je retrouvais son humour habituel – étaient signées « Jim Oregon ».

Pendant que je lisais ses commentaires, assailli d'émotions mélangées, un peu contradictoires, Boyd a tenu à me faire comparer le Glenfarclas avec un Macallan Speymalt de 1945.

Je lui ai demandé comment choisir entre la perfection et la suréminence. Ça l'a fait rire.

Il a dit :

— Laurent vous aimait beaucoup, et je comprends pourquoi. Je ne le connaissais pas autant que vous, c'est certain, mais je pense que dans les moments difficiles de sa vie, votre univers aura été pour lui une forme d'échappatoire. Et je ne vous dis pas ça pour vous faire plaisir.

Je le croyais, d'autant plus facilement que ce qu'il me disait me rappelait les propres mots de Laurent, dans sa lettre. *Ce supplément de vie dont tu m'as fait cadeau...*

Il ne m'avait jamais parlé de l'attachement qu'il avait pour son personnage, ce vieil imbécile.

Des blagues, des critiques, des vannes, mais pas une seule fois l'expression de sentiments plus profonds, ni de confidences attendries sur ce thème. Il me connaissait bien.

S'il était venu me chanter la pomme en me parlant de Jim, de ce qu'il éprouvait envers cet autre lui, plus jeune, plus fort, plus vivant dans mes livres que lui-même dans sa vie, je me serais sûrement senti obligé de forcer le trait pour lui faire plaisir, d'en faire davantage, au risque d'en faire trop.

Ne rien me dire, c'était la garantie de protéger mon innocence, et ma désinvolture. Les artistes sont comme des enfants mais, à l'inverse de ces derniers, il ne faut pas les éduquer. Ils ont besoin de se brûler autant de fois que nécessaire, de se couronner les genoux en tombant, d'échouer au fond de multiples impasses. D'être libres de se tromper.

— Une petite goutte, encore ?

Il faudrait être fou pour refuser.

Je tends mon verre.

Qu'est-ce que je disais ? Ah, oui, les créateurs... Ils doivent porter vaillamment leur flambeau, leur torche, leur bougie, leur petite allumette (je vais garder ça pour mon prochain prix Nobel, tiens !)… Ils doivent aller de jaillissements en tentatives. Il faut les laisser bidouiller tout seuls dans la cuisine, inventer des recettes dont mille seront immangeables, pour une qui sera, peut-être, réussie, comme le fait ma Prune, qui est une grande chimiste. La création n'est qu'une succession de prodiges hasardeux, dans la plupart des cas. Et les artistes, des maladroits secourus par la chance, qui exploitent sans vergogne leurs plus tragiques erreurs en les faisant passer pour des choix réfléchis.

Pâtissière empotée qui fout en l'air sa tarte au moment de la démouler et, pour ne pas perdre la face, la baptise recette et la nomme Tatin. Et que dire des…

— … T'énerve pas, gamin. Tout va bien. Si tu buvais un coup, plutôt ?

Laurent, assis sur le bras du fauteuil de Gordon,
lève son verre à ma santé.
Il est coiffé d'un vieux Boss of the Plains authentique,
en poils de castor et de lapin.
Sans me quitter de l'œil, Gordon Boyd,
encastré dans une bergère – ce qui doit lui arriver
souvent – graisse son colt Walker en sifflotant.

La plaine est calme, le soleil s'est couché.

Ça sent la poussière à plein nez…

Parfois, il est inutile de connaître les gens pour éprouver l'envie de se confier à eux.

Il y a des amitiés faciles, qui nous mettent si bien en confiance, et si vite, que l'on se déboutonnerait aussitôt sans complexe si un reste de pudeur ne nous retenait pas.

Et le whisky aidant, je ne ressentais vraiment plus aucun embarras.

Histoire de ne pas rester sur une seule jambe, Boyd nous avait préparé un plateau-repas.

— Nous serons seuls tous les deux, mon épouse est absente. Un petit en-cas tout simple, est-ce que ça vous ira ?

Véritable pain de campagne, lamelles de truffe, gros sel, foie gras et bâtard-montrachet.

Six mois de droits d'auteur. Ça m'allait tout à fait.

Comme tous ceux qui n'ont pas une pratique régulière de l'alcool (car il en faut, de l'entraînement en salle, quand on veut tenir la distance), je m'étais vite retrouvé dans un doux état cotonneux, une sorte d'aimable euphorie que je devais aux bienfaits conjugués de Glenfarclas, Macallan et de ce somptueux chardonnay, qui veillaient sur ma cuite comme de bonnes fées penchées sur mon berceau.

Je ne connaissais ce type que depuis quelques heures, mais je n'ai pas hésité un instant à lui parler de la lettre de Laurent, et de la confiance écrasante dont mon vieux pote avait fait preuve envers moi en me donnant pour mission de réussir pour Jim ce qu'il avait raté lui-même tout au long de sa vie.

Boyd m'a écouté avec une grande attention, sans manifester de surprise. Lorsque je me suis tu, il m'a resservi un verre que je n'ai pas refusé. Nous avions convenu que je passerais la nuit chez lui, pour m'éviter un accident mortel sur les petites routes traîtresses d'Aquitaine.

Il a dit :

— Qu'est-ce qui vous ennuie, au fond, dans cette histoire ?

— … ?

— Je veux dire… Pourquoi ressentez-vous autant de difficultés à l'idée de voir Jim amoureux ? En quoi ça vous dérange ?

Et c'était un *lecteur* qui me demandait ça ?!

C'était pourtant simple à comprendre : un héros de BD a un caractère à ce point défini qu'il en devient définitif. Il a des défauts reconnus, des qualités précises. Le lecteur l'aime pour ça, justement, pour cette série d'invariants grâce auxquels il le reconnaît.

Qu'il soit de BD, de roman ou de film, *on ne peut pas* modifier un héros, c'est exclu. Même pour honorer la mémoire d'un ami.

— Vous imaginez, Harry Potter transformé en moldu ? Batman en 2CV ? Wonder Woman en bleu de travail ? Corto Maltese allergique au poisson ?

— Non, vous avez raison, je ne l'imagine pas. Mais ce n'est pas à moi de le faire, c'est à vous. C'est vous, l'artiste.

Ben voyons. Et la responsabilité envers le lecteur, la fidélité qu'on lui doit, la...

— Vous pensez souvent à moi, quand vous bossez ?

— Pardon ?

— Est-ce que vous vous souciez beaucoup de moi, « le lecteur » ? Est-ce que vous vous demandez à chaque page ce que je vais penser de votre nouvel album, si je vais l'aimer ou pas, si je vais apprécier ou critiquer tel personnage, telle intrigue, le début, le milieu, la fin ?

Oui et non.

Bien sûr, Wild Oregon est une série, suivie par des fidèles dont je sais à quel point ils seront déçus si tout s'arrête demain, ou dans six mois. Alors, oui, ça me suit durant tout le travail, ça flotte quelque part entre moi et la feuille.

Mais je me suis toujours considéré comme le premier lecteur de mon travail. Son unique lecteur avec mon éditeur, Prune et Laurent, jusqu'à preuve du contraire, la preuve étant la signature de Philippe apposée au bas d'un contrat, sans laquelle le bouquin ne sera pas imprimé, et n'arrivera jamais sur les tables des libraires.

Je suis un autocrate. Je me fie à mon instinct. Si je retourne à mes crayons tout le temps de l'écriture d'un album, alors que je suis un gros flemmard, c'est avant tout parce que le scénario m'intéresse et que je veux savoir la fin, qu'elle soit bonne ou mauvaise.

J'essaie de ne pas penser à ceux qui vont me lire, sinon je m'inquiéterais à chaque nouvelle bulle et chaque nouvelle case de savoir si ce que je fais « va plaire », ou si c'est « bien ».

Je me censurerais. Je ne serais plus moi.

— C'est bien ce que je pensais. Donc, la question de la responsabilité envers le lecteur ne tient pas à ce point-là. En tout cas, moi, je vous mets à l'aise : je suis tout disposé à vous suivre où vous voudrez, du moment que l'histoire est bonne. Et je ne suis sûrement pas le seul de vos lecteurs à penser de cette façon-là… Reste que cette histoire de cœur semble vous poser un sérieux problème. Ça rend votre travail si difficile ?

— Pas difficile, impossible ! Jim est un solitaire depuis le début de la série. Ça ne peut pas marcher autrement. Ça ne tiendrait pas la route. C'est comme ça, c'est tout.

— Vous savez, je suis resté célibataire jusqu'à quarante-neuf ans. Je n'ai pas dit solitaire, j'ai dit célibataire. Et puis j'ai rencontré ma compagne actuelle et l'idée de vivre en couple s'est imposée à moi, en trois jours, comme une évidence. Nathalie a changé ma vie, complètement, sur bien des points, tout comme j'ai changé la sienne. Mais si nous avons pu le faire, c'est que nous étions demandeurs, au plus profond de nous, même sans le savoir. Ma compagne est assez têtue. Et, de mon côté, je ne suis pas du genre facile à manœuvrer malgré moi, je vous assure.

Je n'en doutais pas une seconde. Et je savais très bien de quoi il me parlait. Moi aussi, j'avais changé ma vie de façon plutôt soudaine, lorsque Prune était venue chambouler tous mes plans de célibat tragique. Et que dire de l'Oncle Albert et de sa dulcinée, la ravissante Edmée, à l'approche de leur centenaire ?

— Ce que je veux vous dire, Merlin, c'est que les hommes changent, vous le savez aussi bien que moi. En bien, en mal, ils changent. Parfois même d'une façon radicale, et soudaine. Alors, s'ils le font, eux – si nous le faisons, nous tous –, pourquoi des personnages de BD ne le feraient-ils pas ? Vous faites ce que vous voulez, avec vos héros, non ?

Qui a dit que les artistes étaient libres d'exprimer ce qu'ils *veulent* ? Dans le meilleur des cas, ils expriment ce qu'ils *peuvent*, et c'est déjà pas mal. On s'adapte, on fait au mieux. On ne dessine jamais ce qu'il y a dans nos têtes, mais ce dont nos mains sont capables.

— Je n'arrive pas à trouver la femme qu'il faudrait à Laur… à Jim.

Gordon a réprimé un sourire.

— Je ne la vois pas, je ne la *sens* pas, vous comprenez ? Je bloque, voilà tout.

— Est-ce que Laurent vous l'a décrite, dans sa lettre ? Est-ce qu'il a eu des exigences ?

Non, bien sûr que non, il ne m'avait rien décrit. Il m'avait seulement demandé de lui trouver une femme qui soit belle, si ce n'était pas « trop demander ».

— Je suppose que vous connaissiez ses goûts, en matière de femmes ?

— Pas plus que ça.

— Mais, en vingt ans d'amitié, vous l'avez sans doute déjà entendu parler de l'une d'entre elles en disant qu'il la trouvait séduisante ? « Bandante », comme il aurait dit ?

Oui, évidemment. Pas si souvent, mais oui.

— Vous avez un exemple ?

Pas très dur à trouver, ni très loin à chercher. Lolie.

— Ah, oui, Lolie ! Je ne l'ai jamais vue, mais Laurent m'en a souvent parlé. Diriez-vous que Lolie est belle, je ne sais pas, moi… comme Phoebe ?

Belle ? Non. Lolie est une petite nana bas du cul, un peu ronde et même pas jolie, pour tout dire. Mais elle a du charme, de la vie.

— Quel âge a-t-elle, vingt ans, vingt-cinq ? Trente ?

Soixante et un ans aux cerises. Quatre ans de plus que Genaro et moi. Et presque quinze de moins que n'en avait Laurent.

— Je peux vous la montrer, j'ai dit, en sortant mon téléphone.

J'avais pris des photos d'elle et de Genaro, le matin de l'enterrement, pendant que nous prenions un café à l'Etna, puis devant le stade, dans le taxi avec l'Oncle Albert, et enfin au restaurant, serrée contre Genaro, en train de chanter à tue-tête. Je m'étais abstenu pendant la cérémonie. Autant il est d'usage de faire subir aux autres des photos de mariages et baptêmes, autant les souvenirs d'obsèques ne sont pas entrés dans les mœurs. Pourtant, il y en aurait, des reportages à faire…

Boyd est venu s'accroupir près de moi, avec une souplesse de chat tout à fait étonnante pour un homme de son gabarit. Il a regardé les photos, sans rien manifester.

J'ai dit :

— Il n'y a pas que cette histoire d'amour qui me bloque, vous savez. C'est même le moindre mal. Le plus insupportable, c'est de savoir que Laurent ne tenait pas à ce que Jim lui survive, ou, plus exactement, qu'il ne tenait pas à ce qu'il me survive à *moi*. Je dois l'éliminer. Il me l'a demandé, d'une façon très claire.

— Et vous n'arrivez pas à vous y résoudre.

— Non. Désolé, mais non. Je n'y arrive pas. Vous trouvez peut-être ça ridicule, et ça l'est certainement, mais c'est au-dessus de mes forces. C'est moi qui ai créé Jim. Il a beau avoir mon âge, pour moi, c'est comme un fils. Ce qu'il pourrait presque devenir, si je vis assez longtemps, car il aura à jamais soixante ans, et moi pas… Je ne peux pas envisager le fait que Jim Oregon disparaisse, qu'il sombre dans l'oubli. Je ne le *veux* pas, vous comprenez ?

— Je vous comprends très bien. J'aime beaucoup son personnage, et pas seulement le sien, d'ailleurs. J'aime tout votre univers. Jim manquerait au lecteur que je suis, s'il venait à disparaître. Et Phoebe. Et les autres.

— Vous voyez bien.

— Ceci dit…

Il semblait réfléchir en parlant. J'avais le sentiment qu'une succession d'idées lointaines, vagues, se concrétisaient peu à peu dans sa tête.

— Diriez-vous que Laurent est mort ?

— … ?

Boyd était retourné s'asseoir en face de moi. Il me scrutait d'un œil aigu et flou, comme s'il cherchait en même temps à lire mes pensées et à faire le point sur les siennes. Je me suis dit qu'on devait approcher les deux grammes pour qu'il en arrive à me demander des choses aussi inconcevables et que, de mon côté, j'essaie de lui répondre sans m'en formaliser.

— Oui, j'ai dit. Oui, Laurent est mort.

Et « bien » mort, si les deux mots peuvent aller ensemble.

— Nous sommes d'accord. Mais diriez-vous qu'il a sombré dans l'oubli ?

— … Je ne comprends pas.

Il a eu un rire bref.

— Je crois que moi non plus, je ne comprends pas bien ce que j'essaie de vous dire. Je suppose que cela signifie qu'il est temps d'aller se coucher…

Boyd m'a accompagné jusqu'à ma chambre, qui était à une heure de marche de l'autre côté de l'appartement.

Il m'a laissé en me souhaitant une bonne nuit et, à peine déshabillé, je me suis jeté comme un gamin de quatre ans sur un lit king size plus grand qu'une patinoire en me retenant de justesse pour ne pas crier Yahoooo !

Le matelas a donné de la gîte, le plafond s'est mis à tourner.

C'était donc ça, être bourré.

Je me suis réveillé à huit heures avec l'impression d'avoir bossé toute la nuit, un mal de tête affreux et les yeux plus cernés que les soldats texans pendant le siège de Fort Alamo.

Gordon Boyd, frais et dispos, m'a offert une tasse de caféine pure, accompagnée d'un petit déjeuner conçu pour sa morphologie. Nous nous sommes promis de nous revoir.

Ce sera avec grand plaisir, dès que mon foie sera remis.

Sur le chemin du retour, j'ai repensé à notre conversation de la veille, un peu décousue, certes, mais sans nul doute à l'origine des idées fulgurantes qui avaient traversé mon sommeil comateux et dont je ne gardais, hélas, pas le moindre souvenir.

Nous avions touché du doigt quelque chose d'essentiel, Boyd et moi, hier au soir.

Boyd surtout, pour être honnête, depuis sa position tranquille de mec pas concerné par une situation, ce qui donne le recul suffisant pour tenter d'en juger, quand ceux qui s'y débattent ont le nez collé dedans jusqu'au fond des narines.

Il avait eu des intuitions salvatrices, j'en étais convaincu. Mais lesquelles ? Je me sentais affreusement frustré. J'étais persuadé d'avoir tenu au creux de ma main toutes les solutions à mon problème, durant la nuit. Je savais que le résultat de l'équation insoluble s'était inscrit en lettres d'or sur le tableau noir de mon cerveau, j'avais eu le temps de l'entrevoir depuis la fenêtre du couloir, avant qu'un sombre crétin ne se précipite pour faire le ménage au moment où j'entrais dans la salle. Le tableau noir l'était redevenu, l'équation gardait son mystère et je me retrouvais à mon point de départ, à peu de chose près.

Un élève (moi) est assis à un petit bureau,
dans une salle de classe, pendant un examen.
Devant lui, un immense tableau couvert de hiéroglyphes
qui bougent dans tous les sens.
L'élève essaie d'écrire ses réponses
au dos d'un avis de recherche froissé,
avec une balle de Winchester aussi molle qu'un chamallow.
L'examinateur lui annonce qu'il relève les copies
dans moins de… C'est fini.

Plus j'y pense, plus ça m'horripile. Ça tourne autour de moi comme une mouche obstinée, à la périphérie de mon champ de vision. Juste là, à portée, mais pourtant hors d'atteinte.

— Je suis encore emmerdé avec ce nom de Dieu de bordel d'allumage ! J'ai failli rester en rade sur Green Falls.

Je sursaute.

Jim est assis à côté de moi, à la place du copilote. Je suis aux commandes du Lizard. Wow ! Génial ! C'est la première fois ! J'adore cette sensation. C'est complètement planant, c'est le moins qu'on puisse dire. Le seul souci, c'est que je ne sais pas du tout conduire cette charrette. Pourquoi est-ce que j'ai dessiné autant de boutons et de manettes ? Il faut toujours que j'en rajoute, que je joue les sophistiqués. Comment on fait pour redresser ? Comment ça marche, ce foutoir, merde ?!

— C'est un métier, gamin. Moi, je me mêle pas de venir te dessiner, tu devrais pas te mêler de piloter cet engin.

C'est bon, t'inquiète, je maîtrise. Où est-ce qu'on va ?

— Ah, çà, c'est toi qui sais ! J'étais en train de taper le carton avec mon pote Buffalo Boyd, et deux demoiselles compréhensives, au Peevish Rat, et voilà que je me retrouve le cul dans mon cockpit à côté d'un blanc-bec qui se prend pour Captain Kirk et qui m'a tout l'air de confondre le manche à balai avec sa queue. Arrête de branler ça dans tous les sens, bordel, ça se manie comme une fille, en douceur. Si tu te calmes pas, on va se crasher en moins de temps qu'il en faut pour siffler une bière, gamin. Eh ! Oh ! LE STOOOP !!! Ah, bordel !

Je recommence la scène du début, ça vaut mieux pour ma vie et ma gloire posthume.

Ce coup-ci, je suis dans ma voiture, Jim à la place du mort, ce qui est prématuré.

Il chique, avec un air vaguement contrarié.

— Tu voulais me voir, petit ?

Oui… Non… Enfin, oui, si… Heu…

— Tu m'as l'air aussi clair qu'une bouse de bison.

Oui, bon, ça va, c'est pas de ma faute. J'ai des problèmes, OK ?

— Qui n'en a pas, gamin ? En quoi ça me concerne ?

C'est à propos de toi, justement… Tu es en panne d'amour.

— En panne de… ? Qu'est-ce que c'est c'te connerie ? C'est la grande Betty qui t'a raconté que… ? Quelle garce ! Ça peut arriver à tout le monde de ne pas pouvoir b…

Non-non-non, c'est Laurent qui m'a demandé de te…

— … Remets pas le couvert avec ce salopard de Reverend Dickinson, petit, je t'ai prévenu.

Oui mais… Il… Je… Nous… Pfff.

— Quoi ?!

J'ai pas le choix, Jimmy : ta vie manque d'amour, et c'est à moi d'en mettre.

Jim dégaine et me met en joue.

— T'approches à moins d'un mètre, je te colle un pruneau entre les deux sourcils.

Heu ?… Non, c'est pas ce que tu crois, je me suis mal exprimé. Je dois te trouver une femme.

— Me trouver une… ? Mais qu'est-ce qui ne va pas dans ta tête, petit ?… Depuis quand j'ai besoin qu'on me la tienne pour pisser ? Tu penses que je ne suis pas assez grand pour mener le taureau à la vache, peut-être ?

Jim crache un jet de salive brune qui s'écrase sur mon pare-brise.

— Tu me prends pour qui, gamin ? Occupe-toi plutôt de réparer ce bordel d'allumage.

— Si tu attends après lui pour arranger tes affaires, tu seras déçu, Jimmy, dit Phoebe, à l'arrière. Moi, il m'a fait flinguer ce pauvre Grouchy MacLean, juste pour se passer les nerfs.

— Sans blague ?! Le vieux MacLean est mort ?

— Comme je te le dis. Et j'ai dû l'enterrer toute seule à la sortie de la ville. En plein soleil, avec une pelle trop petite et une chemise trop serrée…

— Bon sang. Quand je pense qu'on dépend d'un pied-tendre pareil !

— Hum… Je ne voudrais pas me mêler de ce qui ne me regarde pas… dit une troisième voix que je crois reconnaître.

— Qui c'est celui-là, bordel ?

— Ah tiens, je ne vous avais pas vu, vous ! Vous êtes de la famille de Jim, non ?

Laurent, assis à côté de Phoebe, me regarde dans le rétroviseur, d'un air soucieux.

— … J'ai l'impression que tu t'y prends mal, Merlin…

Je m'y prends mal ?! Je voudrais t'y voir. Ce type est un vrai caractériel. Quant à l'autre hystérique, elle devient ingérable.

— De quoi tu parles, gamin ?

— *Quelle* hystérique ?

Ah, et puis merde, tiens ! Foutez-moi tous la paix !

— Vous êtes le frère de Jim, c'est ça ? Son cousin, peut-être ? Il te ressemble, hein, Jimmy ? Mais regarde-le, au moins ! C'est ton portrait craché, je te jure ! Tu ne trouves pas ?

— Mffff.

Si, si, elle a raison. C'en est même troublant, on dirait des jumeaux.

Un vieil original et sa copie certifiée conforme. Mis à part le pyjama, toujours aussi informe.

Six heures quarante. Téléphone. Albert aurait-il fait la grasse matinée ?

Je me suis levé d'un bond, léger comme une plume, et c'est peu dire que je m'y connais.

La voix de l'Oncle Albert était très enjouée.

— Ah, tu es de retour ! La pêche a été bonne ?

— Une rascasse et un thon.

— Formidable ! Dis-moi, je viens de faire l'acquisition d'un tout nouvel appareil, que je souhaiterais étrenner avec toi !

— Tu m'intrigues.

— Figure-toi qu'Edmée cherche à me convertir aux techniques modernes. Elle m'a convaincu d'acheter un téléphone qui, d'après ce qu'en dit la notice, peut également servir d'appareil photographique !

— Incroyable ! j'ai dit.

— Et pourtant !… J'étais incrédule, moi aussi, mais force m'est de constater. Un ami a fait quelques portraits d'Edmée et moi, que je me proposais de te faire parvenir, si ton propre appareil peut les réceptionner.

— Je pense qu'il le peut, j'ai dit, en considérant mon iPhone.

— Alors je vais me laisser guider par Edmée. Je te prie de bien vouloir m'excuser un instant.

Il a posé sa main à côté du récepteur, comme à son habitude, me faisant participer à leur conversation.

— Glissez votre doigt ici, Albert. Non, plus à droite.

— Comme ceci ?

— Oui. Tapotez, à présent. Tapotez. (Petit rire.) Non, Albert : votre code.

— Je suis confus. Vous devez me trouver bien sot.

— Je vous trouve charmant, Albert. Appuyez ici, maintenant. Oui. Là. Parfait. Sélectionnez la photographie que vous désirez envoyer. Oh non, pas celle-ci ! (Petit rire.)

— Celle-là, plutôt ? Vous êtes radieuse, sur celle-là.

— Et vous aussi. Appuyez. Bravo, Albert, vous venez d'envoyer votre première photographie.

— Merlin, Merlin, est-ce que tu me reçois ?

— Oui Albert. 5 sur 5.

— Figure-toi que je viens d'envoyer ma première photographie par satellite. Tu devrais la recevoir dans les heures qui viennent.

— Je l'ai reçue, Albert.

— Ah, quel monde épatant !

Sur la photo, il y avait Edmée en pantalon de lin et chemise légère, au bras de l'Oncle Albert, l'œil fier, droit comme un I. Edmée était souriante, gracieuse. Une bien jolie vieille dame, qui ne faisait vraiment pas son âge canonique.

J'ai demandé à l'Oncle Albert comment allait sa nouvelle vie.

— Edmée et moi sommes arrivés à l'âge où les jours comptent triple, comme certaines lettres du Scrabble. Et nous profitons triplement du bonheur qui nous est échu.

J'étais en train de me demander si, à leur place, je n'aurais pas éprouvé quelques regrets en pensant à tout le temps gâché lorsqu'Albert a ajouté :

— Au lieu de nous appesantir d'une façon stérile sur les années perdues, nous avons décidé de nous considérer comme des privilégiés, ce que nous sommes, Merlin, ce que nous sommes… Bien peu de gens sont encore heureux à nos âges. Bien moins encore sont amoureux. Et jeunes amoureux, çà !… Nous sommes des spécimens rares ! N'ai-je pas raison, ma chère ?

(Petit rire.)

— Je t'envierais, si je n'étais pas moi-même chouchouté par la vie ! j'ai dit.

— Seule ombre à mon bonheur – mais une ombre légère, je me dois de l'avouer –, je crois que Tante m'en veut beaucoup.

— Ce n'est pas très étonnant. Tu la quittes pour une autre femme, après cinquante-six ans de vie ratée commune. Elle a de quoi être un peu chiffonnée. Et je ne dis pas ça pour prendre sa défense : je la déteste et tu le sais.

— Oui, ce n'est pas facile pour elle. Et pour son neveu Mathias encore moins, car elle a décidé d'aller vivre chez lui. Mais je pourrais lui en vouloir également, sais-tu ? Nous avons des torts partagés. Elle ne m'a pas rendu heureux. Et je suis resté, comme un lâche.

Il a raison. Le malheur se construit à deux.

Pour le faire durer toute une vie, c'est un travail de longue haleine.

À chaque jour il faut sa peine.

Prune est en train de démouler un moelleux calciné à grands coups de fourchette, car elle a oublié de chemiser le moule. Je lui fais un résumé succinct de ma conversation de la veille, avec Boyd.

Elle me sert des copeaux, et dit :

— Il a raison, ce type.

Comment ça, « il a raison » ? Raison sur *quoi*, d'abord ? Gordon Boyd n'a fait que se poser des questions à voix haute. Comment pourrait-on avoir *raison* en posant des questions ? Ce sont les réponses qui donnent raison ou tort, pas les questions qui les ont suscitées. Si ?

Mais Prune hoche la tête, avec une petite moue convaincue, satisfaite, et ajoute :

— Oui, vraiment, il a une bonne analyse ! Tu as bien fait d'aller le voir, tu dois te sentir soulagé.

Sur ce, elle enfile son blouson, me plaque un bisou sur les lèvres, me dit :

— J'y retourne.

Et elle m'abandonne à ma perplexité.

Par la fenêtre, je la vois prendre sa bêche et partir de son pas sautillant vers le fond du jardin, pour continuer à creuser notre piscine olympique. Piscine dans laquelle je renonce à l'idée de me baigner d'ici au moins quatre ans, vu que la profondeur du terrain retourné n'excède pas la hauteur de ma paume (je suis allé vérifier). Mais comme, de mon côté, je n'ai pas l'intention d'y mettre ne serait-ce qu'un coup de pelle, je m'abstiens lâchement de toute réflexion.

Je m'apprête malgré tout à lui courir au train pour exiger quelques explications sur le soulagement que je suis censé ressentir après ma conversation avec Boyd, lorsque le bruit d'une camionnette vient mourir devant le portail.

Le facteur en avance ? Quelle nouvelle avanie vient-il me faire signer ?

Je fourre une autre poignée de copeaux charbonneux dans ma bouche et je sors chercher le courrier, du pas de l'illustrateur déprimé.

Point de facteur, céans.

Mais par contre, un miracle.

Devant la grille, sa caisse à outils à la main, monsieur Bombala en personne m'attend.

Un arc-en-ciel scintille au-dessus de sa tête,
cependant que s'élève une musique céleste.
Le propriétaire (moi) s'agenouille dans l'allée,
les mains jointes.

Ou mieux

Le propriétaire (moi) s'allonge dans la boue,
face contre terre, bras en croix,
aussi humble qu'un pénitent.
Le plombier lui passe sur le corps sans le voir, et dit :

— Bon, bah, là, j'avais deux minutes, je me suis dit que j'allais passer. Vot'dame m'a dit que c'était un problème d'eau chaude ?

J'acquiesce et je le guide jusqu'à notre chaudière, en lui faisant des courbettes serviles.

Il bidouille trois zimbrecs, fait la grimace, sifflote entre ses dents, claque de la langue, dit « Houlà ! », puis « Hé bé ! », et conclut en remballant son petit matériel :

— Bon, bah, là, c'est plus compliqué que je croyais, hein ! J'ai pas les pièces. Va falloir que je commande.

— Vous pensez que ce sera long ? je demande, en le raccompagnant au portail.

— Bon, bah, là, si je commande aujourd'hui… Je pourrai peut-être revenir, voyons… Bon, bah, là, disons… lundi de la semaine prochaine, ça vous irait ?

Sans problème.

— Mais je vous promets rien.

C'était bien entendu comme ça.

La fourgonnette de monsieur Bombala
s'éloigne en cahotant sur le chemin de pierres.

De chaque côté du canyon,
de redoutables guerriers sioux la suivent du regard,
avant de déclencher l'attaque meurtrière.

J'ai ma fierté. Je ne vais pas laisser croire à Prune que je suis incapable de comprendre tout seul ce qui lui a semblé si bien « analysé » de la part de Boyd.

J'ai un cerveau. D'artiste, c'est entendu, mais un cerveau quand même.

Que disait-il, hier soir, du fond de sa bergère ?

... vous connaissiez ses goûts, en matière de femmes ?

Je vois à peu près ce que Boyd a dû saisir lui-même, lorsque je lui ai montré les photos de Lolie. Je ne suis pas complètement abruti.

L'erreur de casting que je m'apprêtais à commettre est parfaitement évidente. Depuis que j'ai lu la lettre de Laurent, je m'obstine à vouloir fournir ce vieux Jim Oregon en bimbos à implants, en gamines de vingt ans, comme le pire des maquereaux.

Mais dans la vie, la vraie, Laurent était tombé amoureux d'une taxiteuse qui avait pas loin de la cinquantaine lorsqu'il l'a rencontrée.

Pas une beauté fatale, un appeau pour pigeon, non : une femme *normale*.

Je réalise soudain, du même coup, tout ce que j'ai fait subir à Prune, depuis qu'elle est entrée dans la série sous les traits – et les courbes – de la célèbre Phoebe. Et je suis effondré.

Je ne suis qu'un macho minable, dépourvu d'imagination. Je me suis contenté de donner à Phoebe la personnalité de ma Prune, tout ce que j'admire en elle, son courage, sa fierté, son côté femme libre, râleuse, amoureuse, autonome. Mais de son physique, il ne sera rien resté. Oubliés, le torse plat de gamine impubère, la peau brune, les yeux sombres, le nez fort, le front bombé, les lèvres minces, les dents du bonheur, la silhouette frêle de fille de quatorze ans. Balayés, supprimés, remplacés par du sein wonderbra, de la cuisse d'antilope, de l'escarpin, du bas résille, de la bouche pulpeuse, de l'œil azuréen.

Une jolie pute pour ma vitrine, ma femme en fond de magasin.

Je croyais lui rendre hommage, j'ai renié tout ce qu'elle était, misérable crétin.

Et je me préparais à faire un coup semblable à Laurent, en cherchant à coller dans les pattes de Jim une playmate de saloon. Au prétexte qu'il y a des standards, des traditions, des habitudes. Comme s'il ne méritait pas mieux, mon ami de vingt ans, mon presque père. Comme si je pouvais lui fourguer sans ciller une histoire de cul pour une histoire d'amour.

Je les emmerde, les standards.

Si Laurent (pardon, Jim) doit aimer une femme, ce sera une femme de cinquante ans au moins, avec de vrais défauts de femme, des rides, une vie, un passé, des kilos, et cet amour n'en sera que plus beau.

— Je ne suis pas mécontent de t'entendre penser ça, tu vois…

Laurent, debout près de la fenêtre de l'atelier,
regarde le jardin avec un léger sourire.
Il est en pyjama, les deux mains dans les poches.

Tu aurais pu m'aider, si tu le pensais aussi, j'y serais venu plus vite.

— Désolé, mais je n'arrivais pas à te joindre depuis… *ce que tu sais.*

Et ce matin, en revenant de Bordeaux ? Tu n'étais pas dans la voiture, peut-être ?

— Si tu es un peu observateur, tu auras remarqué qu'on n'était pas tout seuls, dans ta bagnole, toi et moi. Ce n'était pas vraiment intime, pour parler…

Tu sais, Laurent, je voulais te dire… à propos de ton testament…

— Je sais. Je suis désolé. Je n'imaginais pas à quel point ce serait difficile. Je commençais à m'en faire pas mal, à ton sujet, depuis… *ce que tu sais.* Ah, putain, j'arrive pas à le dire ! Être parti comme ça, aussi soudainement, je l'ai encore en travers ! Bref, maintenant, ça va : je sais que tu as compris quelle compagne il me faut, et je sais que tu t'en sortiras, je suis confiant.

C'est vrai ? Je tiens le bon bout, tu crois ?

— J'en suis certain, Merlin. Ah ! une dernière chose, malgré tout… Si tu pouvais…

Dis-moi.

— Je n'en peux plus, de ce pyjama.

Laurent regarde le jardin avec un sourire comblé.
Il est en jean et bottes à bouts carrés,
chemise à carreaux, gilet, manteau de laine,
inévitable Boss of the Plains.
Il touche le rebord de son chapeau de l'index,
me sourit, s'éloigne vers la limite extrême de la case,
la dépasse, et s'en va, là où ma plume ne le suit pas.

Je me sens soulagé, oui. Prune avait raison.
Ça fait toujours du bien d'arrêter d'être con.

Je suis allé retrouver Prune sur son chantier.

Elle avait tendu en travers de la future piscine tout un quadrillage de ficelles qui délimitaient de petites surfaces de un mètre carré, comme pour des fouilles archéologiques.

Ma Prune est une fille futée et je ne doute pas qu'elle aura trouvé là un moyen de travailler d'une façon à la fois moins fatigante et plus productive, sans crainte de se disperser.

Elle m'a regardé venir en souriant. Je l'ai prise dans mes bras, sans dire un mot. Elle s'est laissé faire, c'est une fille facile. Je lui ai demandé de m'excuser.

Elle m'a fait son regard de loin, les yeux plissés. J'ai insisté :

— Tu me pardonnes ?

— Heu… Ça dépend. Qu'est-ce que tu as fait, comme bêtise, encore ?

Je lui ai expliqué le résultat de mes réflexions : ce que j'avais cru être une marque de considération et d'amour envers elle, en créant Phoebe, s'était avéré être la pire des trahisons.

Elle a souri.

— Tu dramatises un peu, non ?

Non, non, mille fois non, je ne dramatisais pas. Du tout. Bien au contraire.

Que le ciel me foudroie, que la terre s'entrouvre sous mes pas et que je sois réduit en cendres impalpables, si j'exagérais le moins du monde : j'étais vraiment sous le choc, depuis que j'avais compris jusqu'où je m'étais fourvoyé.

— C'est d'accord, mon doudou, ne t'énerve pas. Et tu comptes faire quoi ? Lui faire une réduction mammaire, lui scier les tibias ?

— Je vais arrêter la série. La question se résoudra d'elle-même.

— Je sais bien, a dit Prune d'un ton un peu plus grave. Je comprends, mais je trouve ça dommage. Je l'aime bien, moi, Phoebe. Elle a un côté Calamity Jane, elle ne se laisse pas faire. Je m'y suis attachée, à force, même si elle ne me ressemble pas.

— Mais en fait, si, elle te ressemble. Beaucoup, même. Elle a ton caractère entier, ta force, ton intégrité, ta détermination.

— Ma beauté intérieure, quoi…

Je lui ai improvisé ma grande scène du balcon.

L'artiste (moi), en tenue d'illustrateur
(pantalon flou et pull trop grand),
fait une déclaration d'amour à sa belle,
en bottes de jardin à fleurs, appuyée sur sa bêche.
En fond sonore, le mélodieux duo

d'un rossignol philomèle et d'un merle noir (Luscinia megarhynchos/Turdus merula/ill. Merlin Deschamps).

J'ai terminé mon ode à ma belle des champs en la félicitant d'une façon très démagogique pour le travail de Romain qu'elle avait accompli.

— Je pourrai t'aider à creuser, si tu veux, pour avancer plus vite, j'ai dit, emporté par le romantisme échevelé de l'instant.

— M'aider à creuser quoi ?

J'ai montré les travaux en cours. Elle a ri, et m'a dit :

— C'est gentil mais j'ai fini, en fait.

— Fini ? Mais ça fait à peine vingt centimètres, ma douce. Et encore, pas partout.

Elle m'a regardé d'un air perplexe. J'ai insisté.

— *Vingt centimètres*, ma puce ! Tu crois vraiment que ça suffit pour plonger ?

— Pour plonger, non, c'est sûr. Ceci dit, je ne vois pas qui voudrait venir plonger au milieu de mon potager.

L'artiste (moi), mort de honte,
se repique lui-même dans un pot à semis.
Plantée sur le sommet de sa tête,
une étiquette : « Patate ».
Prune, lunettes de soleil, petit monokini,
se prélasse sur un transat, les pieds dans une bassine,
au bord du potager encombré de salades.

Chausson et Cirrhose arrivent main dans la main,
l'un avec une bouée canard,
et l'autre avec un fusil à harpon sous-marin.

Je ne mettrai pas Lolie dans un prochain Wild Oregon, dans le rôle de l'amoureuse. Et pour plusieurs raisons. Son histoire avec Laurent était finie, et bien finie. Elle est heureuse avec Genaro, c'est un couple charmant, et ce ne serait pas un coup à leur faire que de la kidnapper pour lui faire vivre en douce une histoire de cœur avec Jim Oregon.

Par ailleurs, j'ai sombré assez longtemps dans la facilité, il faudrait que je donne un peu plus de moi-même. Je ne sais pas encore à quoi va ressembler cette femme, celle qui est destinée à Jim, mais je sais maintenant comment elle n'est pas, c'est déjà un grand pas.

Restent les autres questions. Surtout la subsidiaire, celle posée par Boyd :

… diriez-vous qu'il a sombré dans l'oubli ?

Je tourne autour de ça, de la peine que j'ai à me séparer de Jim, de la volonté de Laurent, de tout ce que j'ai mis depuis autant d'années dans ces différents personnages. Ce que ça représente. Et ce que j'y perdrais.

Si Jim meurt, qui se souviendra de lui, à part les fans de la série, qui passeront à autre chose ? L'idée me colle comme une ombre, je l'aperçois sans pouvoir la saisir.

Je suis certain d'avoir commencé à résoudre mon problème, mais d'une façon interne, souterraine, ça n'est pas encore remonté à l'air libre. La vérité nage sous la surface comme une truite fario, je dois trouver la bonne mouche, qui la fera sortir de l'eau.

Gordon Boyd est shérif. Ça ne pouvait pas être autrement.

Large comme un bison, prudent comme un Indien des plaines, avec ce faux air placide et nonchalant qu'arborent les ours noirs lorsque leur panse est pleine. Un vieux pote de Jim.

Ils viennent de se retrouver au début du XIV, que je vais reprendre différemment.

Gordon Boyd a trouvé sa place dans ma série Wild Oregon. Il s'y est glissé plus aisément que la lettre dans l'enveloppe, Laurent avait vu juste. Je n'ai changé que son prénom, histoire de me l'approprier plus facilement, et de ne pas gêner le véritable Gordon.

Il s'appelle désormais George « Buffalo » Boyd.

C'est Jim lui-même qui m'a donné l'idée, au retour de Bordeaux, en parlant de ce Buffalo Boyd avec qui il venait de taper le carton.

George « Buffalo » Boyd – qui ne supporte pas qu'on l'appelle BB, les rares inconscients qui ont joué avec ça ne sont plus de ce monde –, BB, donc, fait régner l'ordre depuis trente ans dans la petite ville de

Pierce, sur l'îlot de Green Falls, la plus importante des îles de l'archipel dérivant d'Asturius de l'Exil. *(Mes multiples lecteurs situeront sans problème.)*

À la suite d'une série de meurtres terrifiants, attribués sans aucun doute possible à la rousse Jenny Pearl, le shérif Boyd a mis à prix la tête de la demoiselle pour une somme à ce point persuasive que la ville de Pierce s'est retrouvée aussitôt envahie par les pires crapules des Nations désunies. Jim Oregon, qui était lui-même à la recherche de la rousse assassine, s'est posé sur l'îlot Green Falls à point nommé.

La chasse à l'homme (non, à la femme) va commencer.

J'entrevois déjà une belle aventure entre ces deux loups solitaires, George Buffalo Boyd et Jim Bear Oregon. Je les vois chevaucher en silence dans les basses landes de Green Falls, passer le haut col enneigé de Fatal Gate, et suivre la route forestière qui mène de la ville de Pierce au comptoir de fourrures de Last Breath, d'où s'envolent les navettes qui partent vers les autres îles de l'archipel, les terres d'Afield-field, l'exoplanète Ysidor, et bien d'autres destinations. Navette que Jenny Pearl ne manquera pas de prendre pour s'enfuir de Green Falls, et continuer à semer la mort et la désolation sur son passage de vilaine fille pas sage.

J'imagine Jim Oregon et Buffalo Boyd suivis dans leur périple par deux ou trois canailles bien décidées à s'emparer de la prime. J'ai bien envie d'en profiter pour reprendre quelques-uns des meilleurs ennemis de Jim, quelques trognes de bandits et raclures notables, de ceux qui donneraient leur cheval pour le plaisir d'avoir sa peau.

De la violence, une nature hostile, un beau personnage secondaire avec ce grand gaillard de George Buffalo. Ça va être costaud.

Je dessine avec plaisir, et un spleen grandissant, puisque je vais devoir me résoudre, à un moment ou à un autre, à laisser tout ce beau monde là. Et ça, par contre, je ne m'y fais pas.

J'ai trouvé le titre du XIV, *La grande traque.*

Mais le gibier pris au piège, c'est moi.

Alléluia !

Elle s'appelle Alléluia Mac Cárghtaigh (prononcer « MacCarthy »). Elle ressemble à ma prof de musique lorsque j'étais ado. Madame Larchenal. Une vieille qui avait à peine l'âge que j'ai à présent, mais dont j'aurais juré qu'elle était centenaire. Avec un regard de grand-mère asiatique abrité sous des paupières lourdes, et des joues en plissé soleil. Malgré ses airs de constipée, elle nous faisait mourir de rire. Si j'aime la musique, c'est à elle que je le dois.

Alléluia Mac Cárghtaigh est une métisse d'Indienne et de coureur des bois, née il y a plus de cinquante-six ans dans une cabane de trappeur, sur l'archipel d'Asturius de l'Exil. Elle est devenue orpheline à quatre ans, après que son père, un immigré gallois, a poignardé sa mère et s'est fait pendre haut et court par le shérif du coin.

Recueillie à l'orphelinat de Green Falls, elle a été adoptée deux ans plus tard par un couple d'origine irlandaise, les Mac Cárghtaigh, déjà âgés, qui l'ont considérée comme un petit miracle, d'où son prénom Alléluia.

Elle a été mariée pendant près de vingt-cinq ans à un certain Edmond Oakley, éleveur de chevaux, décédé des suites d'une morsure de mocassin d'eau *(Agkistrodon piscivorus/ill. Merlin Deschamps)*, un serpent des marais.

Mrs. Mac Cárghtaigh joue du piano avec talent, parle plusieurs langues, dont les trois dialectes indiens de l'archipel. Elle a gardé de ses origines diverses et variées quelque chose d'indomptable – je ne crains pas les clichés, ils fonctionnent toujours bien. Sous des dehors de dame irlandaise bien proprette et bien éduquée couve en elle un feu vif et sauvage.

Voilà ce qui m'arrive, lorsqu'un personnage important déboule sur ma page.

Je commence à peine à l'esquisser que je vois défiler tout son état civil, ses origines, ses défauts, quelques détails et souvenirs intimes. Elle vient très vite sous ma plume, je me presse pour ne rien rater, les cheveux blancs et roux qu'elle doit tenir de son père, bien tirés en arrière, retenus par un bandeau sage, la taille encore fine sous le tablier à carreaux bleus et blancs, l'allure fière. Des yeux verts, joliment bridés, illuminent son visage sombre.

Alléluia Mac Cárghtaigh est une fine gâchette, ce qui lui a servi à maintes occasions pour défendre son ranch contre les bandes de pilleurs qui écument les chemins qui vont de la ville de Pierce au comptoir de fourrures de Last Breath.

Je ne vais pas m'en priver, j'adore ces personnages de femmes à qui on ne la fait pas.

Mrs. Mac Cárghtaigh se tient sur le pas de sa porte,
une Néo-Winchester à missiles thermoguidés
entre les mains, ses manches de chemise roulées
au-dessus des coudes.
On sent que le bras ne tremble pas, et que la dame tire droit.
Dans son viseur, le cœur de Jim.
Une pression de l'index, c'en sera fini de lui.
Jim regarde la femme, il sait qu'il va mourir
dans deux secondes à peine, il se redresse
imperceptiblement, il veut partir droit dans ses bottes.
Buffalo Boyd, les bras levés haut, parlemente.
Le vent se lève et disperse ses mots.

— Nom de Dieu, Mrs. Mac Cárghtaigh, c'est moi, le shérif Boyd ! Ne tirez pas !

— Je vous ai reconnu, George. Inutile de crier comme une pulpite dans un train. C'est l'autre pèlerin, que je ne reconnais pas.

— C'est mon vieil ami Jimmy. Jim Oregon.

— Il m'a l'air mal en point, votre ami.

Je regarde Jim avec attention, moi aussi. Il est très pâle. Je murmure :

C'est vrai, dis donc, tu as une sale tête ! Je crois que j'y suis allé un peu fort.

— C'est rien, gamin, j'en ai vu d'autres. C'est pas une foutue balle dans le bide qui va m'achever, bordel !

Le shérif Boyd porte la main à son oreille. Le vent hurle à la mort comme un coyote fou.

— Qu'avez-vous dit, Mrs. Mac Cárghtaigh ?

— Je disais que votre ami n'a pas l'air d'aller bien.

— C'est bien vrai, Mrs. Mac Cárghtaigh. Nous sommes tombés dans une embuscade, à la sortie du col, il n'y a pas une heure. Jim a été blessé.

— Où sont vos agresseurs ?

— Ils n'agresseront plus personne, M'ame… répond Jim d'une voix tendue, le regard fixé sur le canon de la carabine, toujours pointée sur lui.

Puis il ajoute :

— Beau matériel, que vous avez là.

— C'est vrai, monsieur. Et très fiable. La moitié du cimetière peut vous le confirmer.

— Bon Dieu, Alléluia, où avez-vous trouvé cet engin ?

— Je l'ai bricolé moi-même, à mes heures perdues, shérif. Comme toujours.

— Vous êtes incorrigible ! Je vais devoir vous le confisquer !

— Sauf vot'respect, M'ame, je saigne comme un cochon et je ne vais pas tarder à tomber de mon cheval. Je vous dis ça pour que vous ne soyez pas surprise, je ne voudrais pas vous faire sursauter, et me prendre une balle perdue.

Alléluia abaisse lentement le canon de sa Winchester, considère Jim Oregon avec plus d'amabilité, puis dit, d'une voix presque cordiale :

— Il me reste de l'irish stew à l'ours, si ça vous tente…

— … Ou sinon, je peux faire réchauffer du poulet ?…

… ajoute ma Prune, sur le seuil, juste au moment où…

… George Boyd et Mrs. Mac Cárghtaigh
soutiennent Jim Oregon
pour l'aider à grimper les marches.

Page 28.

Jim Oregon est salement touché. George Boyd l'a allongé sur la table, il a baissé la lampe à huile au plus près du corps de son ami. Alléluia Mac Cárghtaigh, habituée à soigner ses chevaux elle-même depuis la mort de son mari, lui prodigue les soins nécessaires.

J'explique tout ça à Prune en finissant le poulet. J'ai une faim de loup.

Je lui ai montré mes crayonnés. Prune les a regardés, les uns après les autres, avec une grande attention. Maintenant, c'est moi qu'elle regarde, vaguement fascinée par mon excitation.

Elle est toujours surprise des changements bizarres qui s'opèrent en moi, dès que je recommence à avoir des idées. Je parle tout seul, je dévore mes repas, j'ai froid, j'ai chaud, je ne tiens pas en place. Je fais la danse du scalp dans mon bureau, je ris sans aucune raison, j'écoute de la musique à en devenir sourd. Je joue du tam-tam sur ma table.

— Il va mourir ? demande Prune.

— Je ne crois pas.

— Mais pourquoi tu as fait ça ?

Je sens comme un reproche. Je n'ai rien *fait.* C'est arrivé comme ça.

— De toute façon, tu ne peux pas le faire mourir comme ça. Pas déjà.

Je regarde Prune sans rien dire. Elle me fait son œil suppliant, elle dit :

— Il doit tomber amoureux, d'abord, non ?

Je souris.

— Ça, j'en fais mon affaire.

— Oh non, ça y est, j'ai compris ! Pfff. Il va tomber amoureux de cette espèce d'Indienne irlandaise, c'est ça ?

— Tu veux vraiment le savoir ?

Prune secoue la tête.

Elle en meurt d'envie, bien sûr, mais elle ne veut surtout pas que je le lui dise, ça lui gâcherait le plaisir de l'apprendre par elle-même.

Je la connais, cette angoisse du lecteur, lorsque le point final approche. Cette tristesse, ce refus, quand il ne reste plus que quelques pages, à peine. Lorsqu'on sait qu'on *saura*, bientôt. Plus de suspense, plus de surprises, ni aucune raison d'espérer autre chose. La pièce jouée jusqu'au tout dernier mot de la dernière rime. La frustration ultime, si la fin ne nous convient pas. Et cette sensation tellement particulière, ce doux plaisir mélancolique à refermer le livre si, par bonheur, on l'a aimé.

Ces heures, ces jours passés avec des personnages auxquels on s'était attachés, qui nous suivaient dans la journée, petites ombres à nos semelles. Dans notre dos, petites ailes. Fantômes que l'on couvait d'une affection jalouse, ou que l'on partageait avec d'autres, au gré d'une pause déjeuner, ou le temps d'un trajet dans le bus, dans le train.

Nos rendez-vous durant des week-ends de pluie fine, et nos soirs avec eux, sous la couette, intimes, dans la lueur complice des lampes de chevet.

Ces personnages-là, dont on pourrait jurer qu'ils ont été créés *pour nous*, exactement, par ces chers inconnus, tous ces auteurs vivants, ou morts, mais dont la voix résonne encore. Embouteilleurs de messages à la mer, tricoteuses de féerie.

Comment leur dire adieu, à tous ces personnages en quête de lecteurs, dont certains semblaient plus vivants et plus vrais que nos propres voisins, nos parents ou nos frères, et qui nous ont entraînés après eux dans leur monde. Un monde parfois si proche de notre quotidien qu'on n'aurait pas été surpris de les croiser un jour à la boulangerie, en allant acheter le pain.

Ces acteurs principaux, ces précieux seconds rôles, ces braves figurants, qui nous appartenaient comme de vieux amis, comment se passer d'eux quand l'histoire s'achève, qu'elle s'efface, si ce n'est en étant infidèles, en recherchant ailleurs des histoires nouvelles, d'autres frissons, d'autres oublis ?

Ces compagnons de route, qui auront fait de nous autant de voyageurs sans ticket, sans bagages, libres de choisir leur trajet, de rester ou sauter en marche, de changer leur identité. Libres de devenir – un temps – chercheur d'or, usurier, voleur dans les bas-fonds, putain, négociant en alcools, illustrateur BD maniant l'alexandrin, éditeur d'un auteur en panne, aquarelliste animalier, plombier furtif, agente immobilière, taxiteuse au grand cœur, vieil oncle centenaire ou pote sarcastique, douce amoureuse au nom de fruit, conducteur de convoi stellaire, femme fatale, femme légère, neveu cupide, pernicieuse mégère, chat émotif, chatte en furie. Ces gens-là sans qui, nous, lecteurs, ne serions pas ce que nous sommes. Moins de rêves en nous, moins de lieux visités, moins de voix chuchotant la vie à nos oreilles. Gamins à qui personne ne viendrait raconter des histoires, jamais, et qui auraient perdu leurs yeux émerveillés.

— Oui, bon, d'accord, mon doudou, ne t'emballe pas, je veux bien tout ce que tu voudras, mais tu sais où tu vas, au moins ? demande Prune, inquiète.

Non, mon amour.

Je ne le sais pas plus que, toi, tu ne peux savoir de quoi la journée de demain sera faite.

Je ne sais qu'une seule chose, une BD fait 46 pages.

J'en suis à la page 28, il me reste donc de la marge.

Dans le ranch de Mrs. Mac Cárghtaigh, la nuit tombe.
George Boyd et elle boivent
un café en silence, devant le poêle.
Jim dort sur le divan, le ventre barré d'un pansement.
Alléluia a pu lui retirer la balle.
Elle le regarde, fréquemment.

Six heures. Heure dite « de l'Oncle Albert ».

Je me suis levé tout seul, comme un grand. Ni sonnerie de téléphone, ni coups de pieds de Prune. Juste un appel silencieux, plus pressant, qui me vient de Green Falls, je pense.

Je me fais un café en vitesse, je file dans l'atelier.

Jim a passé la nuit, c'est bon signe. J'espère. Il est encore faible.

Boyd coupe du bois, Alléluia s'occupe des chevaux.

Il fait beau. Dans le ciel dégagé, d'un rouge fuligineux, les grands croiseurs miniers partis d'Eternal Fog tracent leurs routes claires, fines rayures de diamant sur le verre.

Je regarde le jardin, le saule et le tilleul, les noyers. La piscine-potager, devenue depuis l'autre jour le grand sujet de rigolade de ma Prune narquoise *(Prunus joculosa)* qui ne me passe rien.

Chausson vient se frotter à mes mollets, timide.

Je le prends dans mes bras, il me pousse du nez, me ronronne à l'oreille, gémit, se plaint de tout ce qui s'est passé de terrible, cette nuit. Un bruit étrange dans le noir, une énorme souris, et l'affreuse Cirrhose qui hantait les couloirs.

Un rouge-gorge familier *(Erithacus rubecula)* bûche ses gammes dans la haie. Je me sens calme, apaisé.

Diriez-vous qu'il a sombré dans l'oubli ?… Je comprends enfin le sens de cette foutue phrase. Cette question, plutôt, que Gordon Boyd se posait à lui-même et qui me poursuit, depuis, comme un air obsédant dont je ne peux me défaire.

— Et alors ? La réponse ?

Laurent s'essaie à dégainer le plus vite possible,
tel un vieux cow-boy entraîné.
Sur le vieux canapé, au fond de l'atelier,
Jim Oregon l'observe, appuyé sur un coude,
tout en chiquant d'un air désabusé.
Phoebe recoud les boutons de son chemisier.
Alléluia et Boyd discutent devant la grange.
Cirrhose joue aux cartes avec Chausson,
à deux croquettes le point.
Elle triche.

— … Eh bien, qu'est-ce que tu en dis ?

J'en dis que non, Laurent. Tu n'as pas sombré dans l'oubli. Moi vivant, ça n'arrivera pas.

Les morts ne meurent pas tant que l'on pense à eux, ils s'absentent, rien d'autre. Il suffit de regarder leur portrait sur le mur, de se remémorer les heures de délires, de les aimer encore, ils reviennent aussitôt et l'on retrouve tout, la présence, les rires, les bonheurs partagés, la chaleur du moment. Je t'ai donné un supplément de vie, à ce que tu m'as écrit. Mais toi, Laurent, sais-tu ce que tu m'as apporté, en échange ?

— Dis toujours ?

Tu m'as donné de quoi vivre. *Vivre*, Laurent. Et je ne parle pas seulement de mes droits mirifiques. En m'inspirant le personnage de Jim, tu as fait de moi un auteur publié, en passe d'être reconnu comme le plus important du siècle, si ce n'est pas déjà fait, d'ailleurs ça devrait l'être. Je suis sûr que c'est imminent.

— Moi aussi, j'en suis sûr, fiston. Avec un héros tel que moi, ça ne peut pas finir autrement.

Je dois à ta belle gueule de cow-boy solitaire, à ton Lizard qui se déglingue, et à ton caractère de chien – si, si, de chien ! – de m'avoir apporté des lecteurs. C'est pas rien. Un auteur sans héros ni lecteur n'existe pour personne, même pas pour lui-même. Toi, tu m'as fait cadeau d'un univers entier. En tant qu'illustrateur, je te dois tous mes fans, mon travail, et cette maison sans piscine où Prune et moi vivrons heureux.

— Eh ! Regarde un peu ça !

Laurent dégaine son revolver,
tente maladroitement de le faire tournoyer
sur son index, par la gâchette, et le rengaine
à côté de l'étui. Jim Oregon se marre,
puis grimace en se tenant le ventre.
Phoebe lève les yeux au ciel.

Chausson se retourne et applaudit.
Cirrhose en profite pour lui voler ses croquettes.

— Ah merde, j'y étais presque ! grogne Laurent en ramassant son arme. Tu disais quoi ?

Je te disais que je te dois Prune, que tu as eu la merveilleuse idée de me faire connaître. À bientôt soixante ans, je vous dois à tous les deux d'aimer bien plus la vie que je ne l'aimais à trente. Et je te dois aussi le privilège d'avoir été – d'être encore – ton ami, à qui tu manques.

— Arrête tes conneries, tu vas me faire chialer.

J'aimerais bien voir ça.

Jim arrive à se lever depuis deux jours. Il marche avec difficulté, mais son état s'améliore rapidement. *(Il n'y a pas assez de pages dans un album pour permettre au héros une longue convalescence. Il faut que ça bouge, et vite.)*

Boyd s'apprête à continuer vers le comptoir de Last Breath, seul s'il le faut.

Jenny Pearl a dû embarquer depuis deux jours au moins, pour une destination de hasard. Elle n'est pas du genre à les attendre, ni à leur fixer rendez-vous. Et la saison avance. Bientôt, la route forestière sera bloquée par le blizzard.

Je dessine avec volupté le ranch, vu de dessus, dans la forêt immense. Je m'élève, plus haut, plus haut. L'archipel dérivant d'Asturius de l'Exil est une poignée de cailloux jetés par un géant dans l'eau sombre d'un fleuve. Autour, la nuit spatiale, les étoiles embrasées, tous ces lents mouvements de convois qui sillonnent sans bruit les routes d'entreterres, et les planètes légères comme autant de petites bulles et de ballons d'anniversaire diversement coloriés.

Plongée verticale, brutale. Survol de l'archipel. L'îlot de Green Falls se rapproche, s'agrandit démesurément. La petite ville de Pierce, la montagne, le col, puis la forêt, le ranch dans la clairière. Puis l'intérieur du ranch. Boyd endormi dans un vieux rocking-chair.

Dehors le vent forcit, malmène les feuillages.

Jim regarde Alléluia aller et venir dans la pièce. Depuis cinq jours, elle sent ce regard peser sur elle, s'attarder légèrement sur ses hanches, sa nuque. Sur son visage, sur ses mains, lorsqu'elle lui refait son pansement, le matin. Elle est troublée, mais ne le montre pas.

Il est tout aussi troublé qu'elle.

Il se demande ce qui peut l'attirer chez une femme de cet âge. Même si elle est encore belle, féminine malgré ses vêtements rustiques, faits pour bosser à l'écurie ou dresser les chevaux dans la carrière de sable sans être gênée aux entournures par des frous-frous de soie, des rubans de satin.

Des femmes, il en a croisé dans sa vie, et beaucoup. Le temps de les mettre au lit, ou bien de les sauter dans un angle de porte. Il n'a jamais été brutal, avec aucune d'entre elles, quand tant d'autres le sont. Un homme, un vrai, ne saurait malmener une femme. Jamais sentimental non plus. Il se méfie de cette espèce curieuse, qui peut donner naissance à de jolies putains comme à des Jenny Pearl, la perle des assassins. La seule qui a fait exception, à part sa mère, c'est Phoebe. Un sacré bout de femme, belle comme une reine, plus dangereuse qu'un ours.

Alléluia est différente. Elle ne bavarde pas à tort et à travers comme les filles de saloon, elle a l'air réfléchie, déterminée, prudente. Il admire son courage.

Pour tenir seule un ranch d'élevage, dans une région si peu hospitalière, il en faut.

Elle en a.

Il aime ses yeux verts et bridés, si étranges dans sa peau foncée. Sa voix ferme et posée. La façon qu'elle a eue de le tenir en joue, sans trembler, sans jouer les bravaches.

Elle lui plaît vraiment. C'est un sentiment neuf, curieux, qui le travaille.

Elle se demande ce qui l'émeut, chez ce grand type sec et maigre, qui parle peu. Et mal.

Sans formules de politesse, Mrs. Mac Cárghtaigh par-ci, Mrs. Mac Cárghtaigh par-là.

Des hommes, elle en a connu trois : son père naturel, un violent qui a tué sa mère, puis son père adoptif, Aodhagàn Mac Cárghtaigh, et enfin son mari, Edmond Oakley, un bien brave homme dont elle n'a jamais porté le nom, non pas parce qu'elle ne l'aimait pas, même si leur union n'avait rien de passionné, mais en mémoire de ses parents adoptifs qu'elle tenait à honorer car ils l'avaient sauvée d'une vie de misère et ils en avaient fait une femme éduquée.

Il y a bien eu un Angus Flaherty, un éleveur du coin, qui a failli s'installer dans sa vie il y a quatre ou cinq ans de ça, mais elle ne le regrette pas.

Elle ne sait que penser de ce Jim Oregon. Elle ressent au plus profond d'elle que c'est un type bien, sans doute. Elle sent également la rudesse qui le cerne, cette vie âpre et sans douceur, solitaire, sans concessions au confort, au bonheur. Elle évite de croiser son regard.

Lorsque ça se produit, son cœur s'emballe et part comme un mustang sauvage.

Pourtant elle devrait s'y connaître, en dressage.

Laurent s'entraîne au lasso au milieu de l'atelier.
Cirrhose le provoque, Olé !
Chausson est terrifié.

C'est décidé : je termine le XIV, *La grande traque*. Et puis j'achève Jim…

Laurent s'arrête et me regarde, stupéfait.

— Eh, oh !? Pas de cette blessure pourrie, quand même ?! Une balle tirée par un connard qui ne passera même pas à la postérité ?! Tu disais que Jim allait mieux !

Tu as les chocottes, c'est ça ? Mouah ha ha…

— Pfff, penses-tu ! Moi, la mort, ça me laisse froid.

Tu as raison, ça ne peut pas s'achever comme ça, sur une balle tirée au jugé par un pitre. Un pauvre type qui s'appelait Jesse Norton avant que Jim ne l'envoie brouter les bruyères par la racine. Un chien galeux, une raclure de bas-fonds. Non, il faut au moins un autre tome. Ou deux. Peut-être trois. Jim doit guérir, c'est évident. Ne serait-ce que pour vivre sa belle histoire d'amour.

— Avec cette femme, Alléluia ?

Pourquoi pas ? Elle ne te plaît pas ?

— Je n'ai pas dit ça. De toute façon, elle me plaira si tu le décides. C'est toi l'auteur.

Réponds-moi : elle te plaît, ou pas ?

— Oh, j'aime bien les yeux bridés. Mon deuxième amour, Nathalie, c'était une franco-vietnamienne. C'est marrant, j'y repense maintenant, je ne te l'avais pas dit ? Elle est pas mal, Alléluia. De toute façon, c'est à Jim qu'il faudrait en parler, tu ne crois pas ?

Non. J'aime autant lui faire la surprise.

— J'ai hâte de voir ce qu'il en dira.

Moi pas. Je prendrai le temps qu'il faudra.

Et puis, tu sais, je voulais te dire, j'ai compris ton plan, Laurent. Tu es démasqué.

— Ça m'étonnerait…

Tu voulais m'éviter de me sentir contraint d'honorer ta mémoire. Obligé de me changer en vestale du temple. Wild Oregon à vie. Pauvre auteur enchaîné à une série maudite.

— Oui, bon… C'est un peu ça.

Je sais bien que c'est « un peu ça ». Pas besoin de me le dire. Et puis tu avais peur que ton personnage tombe entre des mains étrangères, si je casse ma pipe trop tôt.

— Eh !… Tu as bientôt soixante ans… Tu n'es plus si jeune… Mets-toi à ma place.

J'y serai bien assez tôt. Et fais pas ton malin. Tu serais bien embêté, si je venais te rejoindre demain au Farting Louse, pas vrai ? Un Farting Louse dessiné par un autre. Tu imagines ? Entièrement relooké, comme le café l'Etna. Propre. Javellisé.

— Parle pas de malheur !

— Le Farting Louse propre ?! Il est fou comme un coyote, ce gamin !

Jim se marre, assis dans le fond de la pièce.
Laurent le désigne du pouce,
par-dessus son épaule, sans se retourner.
Il me fait un clin d'œil.
Il demande :

— Tu vois l'avenir comment ?

Tu m'as demandé deux choses, dans ta lettre : une histoire d'amour, et faire mourir Jim. Je vais faire les deux, mais à mon rythme. Je tiens à donner à Jim une vraie histoire de cœur qui fera pleurer dans les chaumières. Jim et Alléluia, je ne peux pas les bâcler. Ça fait une vie qu'il attend ça. Ensuite, tu voulais que j'en finisse avec Jim ? C'est d'accord. Je te promets de lui faire une belle mort, un truc soigné, qui marquera les mémoires.

— Et des dernières paroles intelligentes ! Ne le laisse pas partir sur un « Bordel ! », OK ?

Je ne vais pas faire de Jim un philosophe, non plus.

— Qu'est-ce qu'il raconte, bordel ? J'entends rien !

Bon, je ferai un effort.

Mais j'ai bien retenu ta lettre. *Toi seul décideras de l'heure, du lieu, des circonstances, en toute liberté et toute indépendance.*

— Oui, bon, OK, ça va. J'ai écrit ça comme ça.

Ce qui est dit est dit, Laurent. Du coup, il faut que je t'explique ce à quoi j'ai pensé…

— Toi, j'ai comme l'impression que tu vas m'entuber.

Ttttt ! Imagine : Jim meurt, d'une belle mort dramatique et noble. Héroïque.

— Je ne voyais pas ça autrement. J'ai eu assez de mal à digérer la mienne, assis comme un con sur le seuil, en pyjama de l'avant-veille. D'ailleurs à ce propos, je te déconseille fortement de rester en pyjama une fois que tu es levé. Dans certaines circonstances, le ridicule tue plus que la mort elle-même. Bref. Pour Jim, j'aimerais bien un peu plus de panache, et un peu moins de sueur sous les bras.

Écoute-moi. Concentre-toi : Jim s'écroule, c'est fini. Et c'est là que la suite commence.

— *Quelle* suite ? C'est quoi, ce coup fourré ?

Jim devient un héros de légende. Jim Oregon enfant, Jim Oregon ado. *Young Oregon.* Le début de l'aventure. Le premier criminel mis sous les verrous. Le premier convoi de prisonniers.

Laurent, très appliqué, continue son entraînement.
Il essaie d'attraper un fauteuil au lasso.
Chausson n'ose pas traverser l'atelier
pour retourner dans son couffin.

— Tu as vu, je commence à choper la technique, on dirait !

Eh, tu m'écoutes, ou quoi ?

— Mais oui, je t'écoute !…

… On pourrait découvrir tout ce qu'on ne savait pas sur la vie de Jim Oregon. Toutes les aventures qu'il n'a pas racontées lui-même.

— Tu comptes l'essorer jusqu'à la dernière case, c'est ça ? Jim à la montagne ? À la ferme ? À la mer ?

Je fais ce que je veux. J'ai le droit de t'aimer, Laurent. J'ai le droit de ne pas vouloir t'abandonner, ni me séparer de Phoebe. Je suis heureux avec vous deux, moi. Je m'en suis aperçu depuis que tu es parti. Dessiner Jim, c'est te garder en vie, faire comme si tu étais toujours là. Ça m'empêche de mourir, moi aussi, tu comprends ? Ce vieux Jim, je vais en faire un géant, Laurent. Un immortel.

— Rien que ça !

Oui. Et tu devrais en être fier.

— Je le suis, à titre posthume.

J'avais besoin de trouver quelqu'un qui puisse se charger de raconter ton histoire. Qui puisse vraiment parler de Jim après sa mort. Mais Jim n'a jamais eu d'enfant. Sa femme l'aura trop peu connu. Phoebe, je ne la vois pas en raconteuse d'histoires.

— Ça, forcément, dès qu'il y a un truc un peu intéressant…

Ce n'est pas une critique, Phoebe, tu as d'autres qualités.

— Oui, je sais : deux énormes, sous mon chemisier.

J'ai cherché à qui je pourrais confier ce rôle. J'ai même pensé à moi, Laurent. C'est te dire si c'est ridicule : l'auteur qui raconterait l'histoire de son héros !

— Oui, c'est n'importe quoi.

Merci… Non, il fallait que je trouve quelqu'un qui ait de la carrure. Un type crédible, qui connaîtrait Jim depuis toujours.

— Et tu as pensé à Buffalo Boyd, c'est ça ?

Exactement.

Laurent se marre.

— Enfoiré ! J'aurais dû me douter que tu n'en ferais qu'à ta tête.

Je suis un artiste, Laurent. Les artistes, c'est ça. Ils s'en sortent toujours par une pirouette.

Et arrête avec ce lasso, tu vas finir pas faire des conneries.

— Mais non, j'y arrive super bien, regarde !

Meeeaoowww !

— Oh, merde !

Laurent, l'air penaud, le lasso à la main.
Chausson, sur le dos, les pattes ligotées,
me jette un regard découragé.
Cirrhose se dépêche de resserrer le nœud,
pour l'empêcher de s'échapper.
Phoebe et Boyd jouent au poker,
assis sur le vieux divan au fond de l'atelier.

Jim se roule une cigarette.
Prune revient du jardin, sa bêche sur l'épaule.
L'artiste, concentré,
commence à dessiner sur la page d'après.

REMERCIEMENTS

Tous mes remerciements à :

Germain et Margueritte, Maud, Laurence, Nono, Pablo, Annette, Prune et Merlin, Alex, Roswell, Juliette-Mabikette, Cédric et Olivier, Eliette et Léonard, Marlène, Bertrand, la fille de Jean-Paul, Etienne, Lucienne, Jean-Pierre, Maxime, la grande sœur de Fabien, Camille, Maëva, Jasmine et Mortimer, Lolie et Genaro, Nassar et Paquita, Laurent, l'Oncle Albert, Tante Foune, et les autres, tous les autres, pour l'énergie qu'ils mettent à n'en faire qu'à leur tête.

Sans eux, ma vie serait plus calme, et mon bureau trop bien rangé.

DU MÊME AUTEUR

Romans, nouvelles

LE CIEL EST IMMENSE, Le Relié, 2002 ; Pocket nº 16340.

LA THÉORIE DU CHIEN PERCHÉ, Thierry Magnier, 2003 ; Babel nº 1148.

UN SIMPLE VIOL, Grasset, 2004 ; Babel nº 1494.

LES ENCOMBRANTS (prix de la nouvelle francophone Nanterre), Thierry Magnier, 2007 ; Babel nº 1056.

LA TÊTE EN FRICHE (prix Inter-CE, prix CEZAM, prix des Lycéens allemands), Le Rouergue, 2008 ; Babel nº 1534.

IL NE FAIT JAMAIS NOIR EN VILLE, Thierry Magnier, 2010 ; Babel nº 1363.

VIVEMENT L'AVENIR (prix Marguerite-Audoux, prix des Hebdos en Région, prix Handi-Livres), Le Rouergue, 2010 ; Babel nº 1388.

BON RÉTABLISSEMENT (prix des lecteurs de *L'Express*), Le Rouergue, 2012 ; Babel nº 1306.

TRENTE-SIX CHANDELLES, Le Rouergue, 2014 ; Babel nº 1436.

DANS LES PRAIRIES ÉTOILÉES, Le Rouergue, 2016 ; Babel nº 1602.

LES BRACASSÉES, Le Rouergue, 2018.

Jeunesse

ATTENTION FRAGILES (prix du roman jeunesse France Télévisions), Seuil, 2000.

UNE POIGNÉE D'ARGILE, Thierry Magnier, 2004.

LE QUATRIÈME SOUPIRAIL (prix Sorcières – catégorie romans ados), Thierry Magnier, 2004.

LE ROYAUME DES REINES, Thierry Magnier, 2004.

ET TU TE SOUMETTRAS À LA LOI DE TON PÈRE, Thierry Magnier, 2008.

À QUOI TU JOUES ? (prix Sorcières – catégorie documentaires), Sarbacane / Amnesty International, 2009.

LES TARTINES AU KÉTCHEUPE, Le Rouergue, 2010 ; nouv. éd., 2018.

LE TERRIBLE EFFACEUR, Thierry Magnier, 2015.

LE VILAIN MONSTRE BLEU (illustrations de Laurent Simon), Casterman, 2016.

OUVRAGE RÉALISÉ
PAR L'ATELIER GRAPHIQUE ACTES SUD
REPRODUIT ET ACHEVÉ D'IMPRIMER
EN FÉVRIER 2019
PAR NORMANDIE ROTO IMPRESSION S.A.S.
À LONRAI
POUR LE COMPTE DES ÉDITIONS
ACTES SUD
LE MÉJAN
PLACE NINA-BERBEROVA
13200 ARLES

DÉPÔT LÉGAL
1re ÉDITION : MARS 2019